T0355802

El desierto blanco

Luis López Carrasco

El desierto blanco

EDITORIAL ANAGRAMA
BARCELONA

Ilustración: © v21/Softlandscapes

Primera edición: *noviembre 2023*

Diseño de la colección: Julio Vivas y Estudio A
© Luis López Carrasco, 2023
© EDITORIAL ANAGRAMA, S. A., 2023
    Pau Claris, 172
    08037 Barcelona

ISBN: 978-84-339-1849-9
Depósito legal: B. 12434-2023

Printed in Spain

Liberdúplex, S. L. U., ctra. BV 2249, km 7,4 - Polígono Torrentfondo
08791 Sant Llorenç d'Hortons

El día 6 de noviembre de 2023, el jurado compuesto por Ana Cañellas (de la librería Cálamo), Gonzalo Pontón Gijón, Marta Sanz, Juan Pablo Villalobos y la editora Silvia Sesé otorgó el 41.º Premio Herralde de Novela a *El desierto blanco*, de Luis López Carrasco.

Resultó finalista *La reina del baile*, de Camila Fabbri.

Los antiguos relatos de viajes acabarán siendo algo tan valioso como las más grandes obras de arte, pues sagrada era la tierra desconocida y ya nunca podrá volver a serlo.

ELIAS CANETTI

I. LA SUPERVIVIENTE

Tras charlar brevemente en el pasillo entramos de uno en uno en un despacho sin ventanas. Luz indirecta, moqueta negra y paredes grises, así es tal y como lo recuerdo. La responsable de recursos humanos nos pidió que nos sentáramos a lo largo de una mesa de juntas. Delante de cada uno de nosotros se erguía un micrófono apagado que nadie quiso encender. Ella respiró hondo y empezó:

–Os tengo que dar una información importante. Ha habido una guerra mundial y ha exterminado o exterminará en las próximas horas a toda la humanidad. El mundo, tal y como lo conocemos, se ha terminado. El futuro de nuestro planeta depende de todos los que estáis aquí reunidos. ¿Veis ese resplandor? Son los bombardeos lejanos. Un momento, dejadme terminar. Lo importante ahora no es cómo ha muerto toda la población mundial, ni tampoco pensar en vuestros seres queridos, porque nos encontramos en una situación de vida o muerte. Tenemos poco tiempo, así que prestadme atención. Os encontráis en la canasta de un globo aerostático que cruza el océano. Os habéis podido subir a él en cuanto habéis tenido noticia de la guerra y por eso os habéis librado del destino del

11

resto. Lleváis unas horas arrastrados por un viento que os aleja del continente cuando, de repente, veis algo a lo lejos. ¿Lo veis? Allí, en el horizonte. Es una isla desierta, una isla que no está habitada y que se ha librado de los bombardeos. Ahora respondo a vuestras preguntas, dejad que acabe. Es importante que tengáis en cuenta que sois los únicos supervivientes de toda la especie humana. Que haya o no una extinción total depende de todos los que estáis aquí. Sois el futuro, la semilla de una nueva civilización. El inconveniente, porque hay un inconveniente, es que desde hace unas horas el globo está perdiendo helio. Tiene una fuga en un lugar inaccesible que no podéis reparar. Habéis calculado que el globo con la carga de personas actual no llegará a la isla. Caerá al mar y os ahogaréis todos. Un momento. De verdad ya termino y me preguntáis todo lo que me tengáis que preguntar. Tenéis que elegir por consenso, esto es muy importante, por consenso y unanimidad quién de vosotros tiene que tirarse al mar para que el resto sobreviva. Uno de vosotros tiene que sacrificarse para que el globo llegue a la isla y la humanidad tenga una opción de perdurar. Insisto. Lo importante es que esa persona se lance al mar una vez que el grupo haya tomado la decisión de manera conjunta, razonada y por unanimidad. La unanimidad es clave. Los motivos para decidir quién debe vivir y quién debe sacrificarse están basados en vuestras profesiones. Abrid ahora el papel que habéis cogido en la entrada y leed en voz alta vuestras habilidades. Tendréis que convencer a los demás de que sois necesarios en esa isla. Argumentar por qué sois fundamentales. Pensad que sois el futuro de una nueva sociedad, así que profesiones que en este momento pueden no parecer útiles para la supervivencia inmediata quizá resulten imprescindibles en el futuro. Preguntadme antes de poner el cronómetro. El globo se desinfla cada vez con mayor rapidez.

El chico rubio con coleta, barba de tres días y párpados hinchados alzó esta vez la voz en lugar de la mano e hizo la pregunta que yo habría hecho pero que por pudor preferí callarme.

–¿Cómo fueron los bombardeos? ¿Ha sido una guerra nuclear? ¿Bacteriológica?

–Esa información no es relevante para esta dinámica de grupo. Lo importante es el objetivo que os he dado. Lo importante es que argumentéis y deliberéis.

–¿Tenemos víveres?

Era un señor con traje y corbata quien hablaba ahora, el único candidato de la sala que ni se hallaba en la veintena ni aparentaba estudiar una carrera de Humanidades. El resto de nosotros cumplía con la limitada gama de recursos estéticos que caracterizaba en aquellos años al universitario con inclinaciones culturales y presumible vida interior: entre la trenza y las gafas de pasta, entre las botas de montaña y el piercing. Una tierra de nadie, por así decirlo, entre Ingeniería de Montes y Bellas Artes. La responsable de recursos humanos se reclinó en la silla y se reacomodó en su traje de chaqueta. Estaba embarazada de más de seis meses.

–Lleváis lo que tengáis ahora mismo encima. Como es lógico, vuestro principal cometido una vez lleguéis a la isla será encontrar agua y comida. Pero ¡no os quiero dar pistas!

La mujer debía rondar los cuarenta y era todo cordialidad y tristeza. Sonreía a menudo, lo que acentuaba, en lugar de contrarrestar, la impresión general de agotamiento que producía. Puede que ese fuese su objetivo, para que la dejáramos tranquila. Daba la impresión de haber llevado a cabo innumerables dinámicas de grupo de la modalidad

13

«Globo en apocalipsis», pues había desterrado toda espontaneidad de su comportamiento y hasta ese peronoosquierodarpistas parecía haber sido calculado y redactado meses atrás, años atrás. Me gustaría recordar su nombre, me parece un dato que, al menos en este caso concreto, ofrecería una imagen más completa y certera de ella, sabríais perfectamente de qué tipo de persona estoy hablando. Pero lo he olvidado y no me atrevo a inventarme algo tan íntimo como un nombre. La encargada de seleccionar al próximo vendedor raso de la sección de libros de los Grandes Almacenes de la Cultura invitó a participar a sus nueve aspirantes, nueve embriones laborales surcando un mar furioso. Médica. Botánica. Cazador. Pescadora. Carpintero. Ingeniera. Veterinaria. Jueza. Desenrollé el papel: Albañil.

–Os toca argumentar por qué es necesaria vuestra permanencia en el globo. Es importante que lleguéis a un acuerdo, aunque valoraremos también, como es natural, que no seáis expulsados. Es importante que os defendáis, es importante que mantengáis vuestra posición. Tenéis quince minutos para decidir quién debe morir por los demás y, no solo eso, debéis convencerlo. Debéis convencerlo para que se tire al mar, no podéis usar la fuerza. Comenzad.

En el momento en que la encargada de personal apretó el cronómetro de su reloj de pulsera, todo el bochorno que nos producía la situación desapareció. La ridiculez, que era individual pero también colectiva –estábamos *unidos* en la ridiculez–, el embarazo que suponía someternos a un inesperado y sofisticado role-playing para disputar un trabajo que todos los presentes considerábamos mal pagado, se esfumó con un pitido electrónico. Me gustaría pensar que aquel día todos nosotros descubrimos que la vergüenza puede ser sustituida automáticamente

14

por la adrenalina si se da con los resortes adecuados y la recompensa oportuna.

–Bueno, qué puedo decir. Es evidente que tener un profesional sanitario en la isla es absolutamente fundamental. Al principio no podré llevar a cabo operaciones complicadas, pero estoy convencida de que trabajando con la experta en botánica podré preparar medicinas y cuidar de todos nosotros.

–Justo iba a decir lo mismo. Sabré qué plantas son comestibles, cuáles tienen propiedades curativas, cuáles son venenosas y prometo que me pondré a trabajar en un huerto, una plantación que garantice nuestra subsistencia. Tenéis mi compromiso.

–Creo que la necesidad de que haya un cazador está fuera de toda duda. Al principio tendremos que alimentarnos como podamos y ahí la presencia de un experto en atrapar animales es, cómo decirlo, infalible.

Acababa de hablar el chico de la coleta, que en otras circunstancias podría haber sido mi amigo. Imperaba ese tono formulario y tedioso, como si la sala de juntas hubiera adquirido entidad propia, trasmutada en un aparato institucional en pleno funcionamiento. Contagiados de ceremoniosidad, razonábamos como un accionista relamido o un senador jubilado. El cerebro es perfectamente capaz de conjugar escenarios mentales aparentemente inconciliables y, en esta ocasión, el peligro imaginario de una muerte imaginaria acontecía a la vez que la sesión ordinaria de un consejo de administración: la Subdelegación Técnica del Fin del Mundo. La pescadora nos dio de comer y el carpintero nos dio donde dormir. El señor de la corbata mostró el maletín que había traído a lo que imaginó como una entrevista habitual de trabajo y dijo, solemne y ruborizado:

–Y además aquí llevo herramientas para construir las cabañas.

La ingeniera diseñó para nosotros carreteras y acueductos. La veterinaria garantizó una ganadería en buen estado y yo me vi cayendo a un mar en llamas. La jueza era el eslabón más débil, mi principal contrincante.

–Creo sinceramente que este grupo tiene mucho potencial no solo para sobrevivir, sino para crecer y evolucionar como una sociedad urbana y compleja. Estoy convencida de que tendremos éxito. La figura de una persona experta en derecho, en leyes, en propiedad privada, puede suponer la diferencia entre una comunidad ordenada o el caos. Mi capacidad para mediar en conflictos puede resultar importante ahora, pero, sobre todo, facilitará mucho las cosas en el futuro.

Abrí el botellín de agua y bebí un trago largo. Y esto es lo que dije:

–Querido grupo, quiero que cerréis los ojos. Quiero que penséis en el futuro no dentro de un año o dos, sino dentro de cinco, diez, veinte años. Un mercado. Una calle pavimentada. Unas casas de ladrillo o piedra. Quiero que seáis ambiciosos, quiero que penséis en las necesidades de nuestra vida en común. Creo que puedo aportar todo lo necesario para el desarrollo futuro de nuestra sociedad (*¿también yo he acabado hablando así?*). Al principio dormiremos en las fantásticas cabañas que construirá el carpintero, pero más adelante necesitaremos casas más cómodas, más seguras, más resistentes. No sabemos qué temperatura va a hacer en esta isla, cuál es su climatología. Es probable que llueva, es probable que haga frío y una cabaña no aguantará mucho (*no te sientas atacado, somos un equipo*). Por supuesto, el trabajo del carpintero será siempre necesario para construir, em, por ejemplo, las herramientas con las que yo trabajaré. Y también los carros que nos transporten. La ingeniera tiene grandes planes para nosotros. (*Atando el lazo de otra alianza.*) ¿Quién dará forma a sus diseños? ¿Quién cimentará sus acueductos? ¿Quién buscará adoquines para sus carreteras? Para que los proyectos de nuestra compañera (*choca esos cinco*) tengan posibilidad de hacerse realidad, mi contribución es totalmente necesaria. Quiero decir, si no contáis con un albañil, ¿cómo creceremos, cómo construiremos una ciudad? Sin un albañil, ¿quién dará forma a tu trabajo? (*Estamos unidos en esto.*)

–Os quedan diez minutos.

–Sí, pero, ahora mismo, ¿qué puedes aportar a este grupo?

La ingeniera me puso el lazo de la alianza en el cuello. ¿Se había sentido atacada? El pacto de no agresión era más que evidente. Desanudé la soga e improvisé algo, cualquier cosa, una *potabilizadora*.

–Pues ahora que lo dices, con la gravilla y las piedras de la playa puedo construir un sistema de presas y filtrado para potabilizar el agua del mar. De hecho, em, creo que es un proyecto que podríamos hacer los dos juntos.

El cazador habló desde el otro extremo de la sala:

–Lo más probable es que podamos beber agua de un riachuelo. ¿Para qué vamos a construir esa cosa?

–Pero no lo sabemos. Lo importante aquí es que no sabemos nada de la isla. No sabemos su tamaño, no sabemos si tiene árboles, si tiene montañas, si tiene agua dulce. (*Duda razonable, duda razonable, aférrate a la duda razonable.*) Por eso debemos pensar en quiénes de nosotros son más versátiles, tanto en el corto como en el largo plazo.

–Creo que deberíamos votar. A ver. ¿Quién piensa que el albañil es el menos necesario?

Ahora era la jueza la que me daba el golpe de gracia. Levantaron la mano cinco a excepción de la pescadora, la botánica y el carpintero. Pedí la palabra:

–Por favor, pido un poco de calma. ¿De verdad pensáis que un albañil es menos importante que una JUEZA? ¿En serio? ¿Es más importante una herencia o un reparto de tierras que un puente, que un mercado, que una ciudad entera? Si el albañil no os parece prioritario, ¿CUÁNDO va a hacer falta una jueza? Además, sin albañil la presencia de la ingeniera es completamente inútil.

Ruido, atropello y tumulto de voces. Repentinamente agitados, todos tenían algo único que aportar al porvenir. Civilizaciones enteras fueron proyectadas en segundos: reinos de carpintería, arquitecturas frutales, monedas de escamas, el Mesolítico al completo consumado en una década. Me di cuenta de mi error. Había iniciado demasiadas batallas, demasiados ataques, demasiados enemigos a la vez; tras el ruido se reorganizarían y me pulverizarían. La media sonrisa de la jueza, tranquila y confiada, constituía un enigma que aún no he resuelto ni resolveré. De pelo rubio, corto y rizado, nos había confesado al llegar que acababa de ser contratada en las librerías de la competencia –un gran centro de consumo de la fase final de la dictadura– donde pagaban mejor, aunque la obligaran a llevar pendientes y maquillaje. Había decidido presentarse a la dinámica de grupo de los Grandes Almacenes de la Cultura porque no tenía nada mejor que hacer y estaba haciendo tiempo mientras llegaba una amiga. Nada mejor que hacer que arruinarme y de paso tirarme al mar, que es, como sabemos, una manera como cualquier otra de «hacer tiempo». Creo que se llamaba Olga. Tras el paréntesis observé cómo las profesiones más frágiles fortalecían alianzas quiméricas. Se acababa de construir un ascensor de madera, manufacturado exclusivamente con palabras. Al otro lado de la mesa, de la cesta, de la isla, un generador eléctrico producía sus primeros chispazos gracias al vigor eólico de unas aletas de pescado. Quedan siete minutos. Nerviosismo. Nerviosismo real, colectivo y contagioso. Alguien *me señaló*. La ingeniera, que había accedido a nuevos umbrales de desfachatez, argumentó que ella en solitario se podía encargar de edificar sus diseños. En el camino, el lenguaje atildado había retrocedido a la manualidad del jardín de infancia:

–En la carrera hacemos también prácticas y yo misma, con mis propias manos, construí una presa de esas para filtrar agua potable.

Robar una potabilizadora inventada debería ser considerado como un indicador innegable de desesperación. O de odio. Miré a mi alrededor. Cazador, pescadora, médica, botánica. Imbatibles. ¿Veterinaria? Necesitaríamos ganado. Pero ¿y si no había animales susceptibles de ser, cómo decirlo, estabulados? ¿Debería decir esa palabra en público? ¿No sonaría un poco idiota? El carpintero podía ser una presa fácil (*esas cabañas se caerán, necesitáis mi paciencia constructora, mis cimientos, soy los cimientos de la sociedad futura, etc.*), pero ese señor confuso y sudoroso me daba pena, con su americana, su corbata y su reloj de pulsera, el cuero cabelludo reflejando destellos pálidos de lámpara fluorescente.

–¿De verdad pensáis que la presencia de una jueza es más importante que edificios sólidos que aguanten el paso del tiempo?

–Yo creo que una jueza es importante. Puede haber malos rollos, rencillas. Un juzgado es la base de la civilización.

Así se expresaba el chico de la coleta y perilla, gafitas redondas, colgante con punta de flecha o símbolo celta, pantalones de múltiples bolsillos y camiseta amarilla con la efigie de un conocido rastafari; así se expresaba, desmadejado en la silla, intocable con sus habilidades innatas de cazador, el amante del reggae. Cuando la encargada nos advirtió de que nos quedaban tan solo cinco minutos, no hubo más vocerío: se hizo el silencio. Creo poder asegurar que todos escuchamos el oleaje, las nubes negras, la silenciosa masa de tierra que se adivinaba tras la copiosa lluvia. Nos íbamos al fondo si alguien no saltaba. Se repitió la votación. A excepción del carpintero y la veterinaria, todos contra el albañil. Esta última, con buen criterio, pidió que me dejaran hablar. Me asomé por encima de la canasta de mimbre y vi el mar oscuro, atronador, dispuesto a tragarme. Crujió un relámpago. La adrenalina me aceleró el pulso. La duda razonable, la duda razonable.

–Una cosa. Hay una cosa en la que no hemos pensado. Creo que estamos de acuerdo en que todos somos necesarios en la isla. Puede que como albañil sea la persona menos necesaria en este momento y en los años venideros. Es cierto que la jueza puede ser fundamental desde los comienzos de, em, esta nueva sociedad. Damos por sentado que todos tendremos una función y estoy de acuerdo, estoy de acuerdo en todo menos en una cosa. ¿Sabemos cómo es la isla? ¿Sabemos cómo es de grande, si tiene valles, si tiene bosques? Damos por sentado que habrá agua potable y ojalá sea así, pero ¿qué pasaría si no hay ningún animal? No sería extraño que en ese trozo de tierra no queden más que insectos. Un momento, estoy hablando yo. No dudo que habrá plantas, no dudo que habrá pesca. Pero, si no hay animales, un cazador será completamente prescindible. No digo que no vengan tortugas a desovar, pero no creo que necesitéis a un cazador para robar unos huevos de tortuga, ¿verdad? Habría un miembro en la comunidad que no tendría literalmente nada que hacer.

Que cómo no va a haber animales, que nos vamos a morir de hambre, pues comemos pescado, que qué pasa si no hay pescado, pero cómo no va a haber pescado, hombre, pero entonces la veterinaria, pero la veterinaria es como un médico, pero entonces ya tenemos dos sanitarios, nunca sobran médicos en una isla, pues entonces el carpintero, qué tiene que ver ahora el carpintero, que la jueza ponga paz, pero que yo sé cazar, que sé cazar de todo, ya veréis, os lo prometo.

–Os quedan tres minutos.

Avancé un poco más en mi estrategia: atacar al que está fuera de toda incertidumbre.

–Y os digo una cosa más, el cazador tampoco tiene mucho que hacer en cuanto comencemos la *estabulación* de los animales, ¿no creéis?

El chico de la coleta empezó a temblar. Me detestaba, me detestaba intensamente. ¿Caería en la trampa que le había puesto? Me miró como si yo fuese idiota y, al borde del grito o, mejor dicho, del aullido, apuntó:

–¿Y si hay animales salvajes qué, eh? ¿Quién os protegerá si hay GRANDES FELINOS?

Apreté la soga antes de que pudiera escapar.

–¿Y con qué vas a matar tú a animales salvajes, a grandes felinos, si llevamos tan solo lo que tenemos encima?

Os prometo que lo que ocurrió a continuación pasó de verdad. El chico se levantó de la silla de un salto, agitadísimo, echó mano a uno de sus múltiples bolsillos, tembloroso y tartamudo, tardó todavía un rato en abrir la cremallera elegida y al fin, victorioso y extasiado, nos mostró lo que llevaba dentro del puño mientras me gritaba: «¡Con esta navaja! ¡Con esta navaja! ¿Lo ves? ¡Con esta navaja cazaré para todos vosotros!».

En sus manos no había nada. En sus manos no había

nada visible, quiero decir, dado que, mientras chillaba, agitaba esa nada, esa nada *con forma de navaja* y me señalaba con ella –de manera francamente amenazante– como prueba de su acierto. En su ofuscación –me doy cuenta ahora que escribo estas líneas, tantos años después de aquello– había tenido asimismo dificultades palpables para sacar esa navaja imaginaria del bolsillo, lo que me atreve a enunciar la siguiente hipótesis: también la imaginación está sujeta a las fuerzas y resistencias corporales del individuo.

Tras unos segundos, tremendos y terribles, de silencio, malestar, vergüenza y ridículo –nuevamente– colectivos, el carpintero se ofreció a «afilarle unos palos» que le sirvieran de lanza. Llegó entonces el momento de la votación y por unanimidad decidieron mandarme a paseo. La responsable de recursos humanos, maestra de ceremonias de todo aquello, me miró sin mirarme –su mente muy lejos de allí, navegando en un globo diferente al nuestro– y me ofreció, en otro giro inesperado, decir unas Últimas Palabras. Me despedí amistosamente y les deseé de corazón que todo les fuese bien. Dije adiós y me lancé al mar. Un proceso de selección que combine la dinámica –dramática– de grupo, el frenesí de la supervivencia y la verbosidad de una reunión de patronato requería, sin lugar a duda, alguna modalidad de muerte. Acto seguido se nos trasladó que ya nos avisarían por teléfono y salimos de allí, incómodos, callados y algo tristes, como cuando compartes un secreto que preferirías desconocer.

En la calle me despedí vagamente de mis compañeros de entrevista laboral. Era una tarde de abril más calurosa de lo normal en Madrid. Me dirigía al piso de Aitana cuando escuché una voz amplificada y distorsionada, la voz de una mujer al micrófono que se rompía y crujía por un volumen excesivo. A lo lejos, en la Puerta del Sol, habían colocado un escenario y una pantalla gigante. La pantalla era tan inmensa que ya a esa distancia pude distinguir el rostro de Irene Villa. Sobre el escenario, a los pies de la pantalla –es decir, a los pies del rostro– vi una figurita minúscula, la persona que hasta hacía muy poco había representado la violencia salvaje, cruel y desmedida del terrorismo de ETA.[1] Bajé hacia aquel acto, intrigado. Al pasar por delante de las sucursales del gran centro de consumo del tardofranquismo en cuyas librerías entraría a trabajar próximamente Olga, la jueza, me acordé de la familiaridad, tranquila y apacible, que me han producido siempre esas galerías comerciales. Un sosiego caduco, nada deseable, pero del que tampoco me he sentido nunca capaz de escapar: todas y cada una de las tardes de mi infancia las pasé haciendo cola con algún amigo o amiga para jugar a las videoconsolas de exposición, o, más adelante, para escuchar discos gratis o mirar pósteres para el dormitorio. Demasiados objetos reproductores de memoria como para esforzarme en eludir un apego infantil, ado-

1. Quizá el público lector no recuerde hoy en día quién era Irene Villa –o incluso ETA les suene lejanamente–. Se trata de una superviviente de uno de los múltiples atentados que este grupo terrorista cometió en España y que produjo especial conmoción y espanto colectivo en la mayoría de la sociedad. En 1991, cuando contaba doce años, Irene Villa sufrió junto con su madre un atentado con coche bomba que le seccionó las piernas y la mano; las imágenes televisivas, excepcionalmente cruentas, además de sus experiencias posteriores de superación psicológica y física, supusieron todo un emblema de la lucha contra el terrorismo independentista, así como del dolor de las víctimas.

lescente y, me imagino, inofensivo. Por aquella época esas galerías comerciales actuaban todavía como un lugar decididamente reconocible, permanente en el tiempo y perfectamente replicable en el espacio –todas las capitales de provincia tenían unas y todas eran exactamente iguales–, que se me representa ahora, después de todos estos años, como el único enclave verdaderamente imperturbable que ha existido en todo el territorio nacional. En cualquier ciudad ajena, extraña y hosca, podía uno caminar por sus largos pasillos y repletos mostradores, vagar por sus escaparates y sentirse «como en casa». Tan solo el sueño consumidor del empresariado franquista podía producir la ilusión identitaria de una geografía inmutable y duradera. Una juguetería donde cortarte el pelo, una charcutería donde probarte un bikini, una librería donde reservar tres noches de hotel, una joyería en la que observar, multiplicados y sincronizados, los rostros de los informativos en cascadas de televisores. Un universo familiar y pretérito, que ya estaba allí antes del nacimiento de la pequeña democracia que nos rodeaba, donde adquirir la corbata y el perfume, la loción y la blusa: el sitio de los regalos, el mundo peligrosamente acogedor de los abuelos.

A mitad de calle pude distinguir con claridad el rostro amplificado –de las dimensiones de la delegación del Gobierno– de la más famosa víctima del terrorismo, dispuesta a dar algún tipo de discurso a una multitud que llenaba muy poco a poco la plaza, cabecitas con sombreros de paja sujetando globos azul pálido, tierno oleaje. Recuerdo perfectamente pensar en aquel momento lo distinto que era el futuro a como uno lo había imaginado –o como lo habían imaginado para él películas, cómics, videojuegos y otras ficciones–. Un rostro electrónico del tamaño de un edificio era una imagen emblemática en el cine de ciencia ficción entrevisto en la niñez y remitía a toda una gama de escenarios tenebrosos pero atractivos: urbes lluviosas, tráfico aéreo, pantallas flotantes, megafonías celestes. En aquella lejana tarde de abril que recuerdo hoy, los monitores en los andenes de metro eran todavía una novedad, tampoco habían proliferado los postes comerciales con imágenes en alta definición, ni las fachadas de Gran Vía estaban aún recubiertas de cegadoras pantallas: si esa imagen gigantesca, suspendida sobre todos nosotros, se emparentaba con algo, era con un futuro misterioso de neones fríos y avenidas tormentosas vislumbrado en un sueño infantil. Delante de mí estaba al fin el futuro, pero el futuro, recién acabada la primera década del siglo XXI, parecía haberse retrasado hasta nuevo aviso. O quizá se había adelantado, quizá el futuro había llegado a nuestras vidas hacía ya mucho tiempo y no era más que una imagen vislumbrada en el recuerdo de una pantalla infantil. Los elementos estaban allí, en todo caso, pero mal ensamblados o torpemente yuxtapuestos: gran urbe, despliegue tecnológico, muchedumbre anónima, marejada de tráfico, comercio turístico y turismo comercial. El cristal líquido se apoyaba en el granito herreriano, los patinetes eléctricos traqueteaban entre adoquines, los peatones de países remotos descansaban junto a monarcas a caballo, mientras dibujos animados de peluche bailaban bajo el sol junto a la masajista de pies, el caricaturista del carboncillo y el mimo galáctico. La megafonía del evento retumbaba, apagando el furor del tráfico, y la resplandeciente pantalla de millones de puntos de resolución brillaba tanto como el sol. Allí estaba Irene Villa, rodeada de familias, pero sobre todo de ancianos y ancianas. En los banderines y globos se leía «Sí a la vida» o «Defensa de la vida», junto a los logotipos de los principales periódicos y emisoras de derechas del país. El asunto sonoro parecía ya resuelto y aquella mujer, que podría ser mi hermana mayor, leyó con cierto temblor al principio, pero pronto recuperada, orgullosa y enérgica, un discurso en contra de la eutanasia y el aborto. «Si en 1991 hubiera existido una ley de eutanasia, yo no estaría ahora mismo entre vosotros.» La ciencia ficción y el fundamentalismo católico lucían vigorosos delante de mí.

Aitana no estaba en casa y su compañero de piso, somnoliento y panzudo, comía espaguetis a las seis de la tarde. Trabajaba de relaciones públicas en una discoteca y se acostaba de madrugada. «Todos los días son un after. En todos los sentidos. Siempre vivo después que los demás.» Hasta los espaguetis se los había comido fríos, entretenido con una llamada telefónica. Vivían en un callejón detrás de Jacinto Benavente, un piso de treinta y cinco metros cuadrados con ventanas a un patio minúsculo que, por milagros de la orientación, reflejaba el sol casi todo el día gracias a una pared encalada, que se podía tocar si extendías el brazo. ¿De qué charlaríamos su compañero de piso y yo aquel día? No lo recuerdo. Recuerdo entrar en el dormitorio de ella, tumbarme en la cama y acariciar a su gata, Micaela, una mascota de alta gama que les habían regalado porque tenía problemas de enanismo y moriría si se preñaba. De una raza exclusiva, diseñada genéticamente para animal de compañía, carecía de morro, lo que le producía problemas respiratorios. Una presencia torpe y angelical, extraordinariamente plácida, incapaz de sobrevivir fuera del ámbito doméstico. La mesa de estudio estaba cubierta de apuntes apilados, ordenados con pulcritud por asignaturas y separados por folios doblados o carpetas con publicidad de la reprografía de la facultad: nos encontrá-

26

bamos en el último año de carrera y empezaba la temporada de exámenes. Nos iríamos a vivir juntos un año más tarde. Una esquina de la mesa, cercana al cabecero de la cama, funcionaba como mesita de noche y allí pude contar dos paquetes de tabaco de liar casi vacíos, unos kleenex y una foto de Aitana con su padre. Toda su familia procedía de unas aldeas diminutas del interior de Asturias y ella había podido estudiar en Madrid gracias a las becas de movilidad que Zapatero[2] se había cepillado el año anterior por la crisis económica, así que este curso había compatibilizado las clases con trabajos diversos y unas prácticas remuneradas en la radio, que esperaba prorrogar en verano con un contrato temporal. Iba a ser la segunda persona de toda su familia con estudios superiores –la primera era una prima lejana que ejercía la pediatría en Valladolid–. En la foto ambos sonreían en la plaza Mayor de Madrid, ella por entonces acababa de llegar a la capital, todavía tenía el pelo largo y castaño y yo aún no la conocía. El padre de Aitana, de carácter afable y juvenil, había estado a punto de ser candidato a alcalde en su localidad con el Partido Socialista, aunque en aquel momento, el momento de la foto, estaba ya pensionado por un accidente laboral en el mantenimiento de los Ferrocarriles de Vía Estrecha del Norte. Escuché un portazo, era ella. Me asomé al vestíbulo, también sala de estar. Recuerdo que tenía entonces el pelo corto y oxigenado, rubio chisporroteante (en la actualidad tanto nosotros como nuestras hijas lo llevamos rapado, es lo más cómodo aquí). Venía sofocada pero no por el calor sino por el cabreo que traía. Soltó su

2. José Luis Rodríguez Zapatero fue un presidente del Gobierno de España, de 2004 a 2011, perteneciente al Partido Socialista Obrero Español.

mochila y unas bolsas repletas de folios y útiles de oficina. Se cagó en la puta madre de alguien, entendí que no la habían renovado en la radio y me quedé paralizado, sin saber qué hacer. Pensé que me iba a abrazar y llorar de rabia o de frustración, pero no lloró. No, no lloró. Me pidió que encendiera el portátil mientras se liaba un cigarrillo: ni ella ni sus dos compañeras becarias iban a continuar. En aquella época, en trabajos relacionados con la publicidad o la comunicación era a veces preferible no terminar la carrera para poder seguir constando en el régimen laboral como becario en prácticas. Los convenios no permitían contratar estudiantes que no estuvieran matriculados –esos computaban ya como «trabajadores»–, por lo que muchos jóvenes se dejaban alguna asignatura sin aprobar hasta que aparecía la posibilidad de entrar en una agencia, periódico, radio o televisión con algún contrato temporal. Huelga decir que esto casi nunca ocurría, los antiguos becarios eran reemplazados cíclicamente por nuevos estudiantes ávidos, famélicos de empleo. Aitana en cualquier caso estaba decidida a graduarse en junio, pero justo había aparecido la posibilidad de optar a un puesto de trabajo *real* para sustituir a una productora de un magacín cultural de medianoche –la cultura era asunto profundamente nocturno para la política de programación de esa emisora–. Como sus otras dos compañeras no iban a terminar la carrera, era bastante factible que ellas se mantuvieran como becarias en prácticas y Aitana, ya licenciada, se incorporara al puesto vacante, que duraría los meses de baja de una compañera a la que, por otro lado, apenas conocía. Seguíamos, de hecho, las evoluciones de ese primer embarazo tardío –la mujer tendría unos cuarenta y dos años– con cierta morbosidad. Cuanto antes se cogiera la baja, más meses de trabajo podían corresponderle a ella. Aitana había pasado las últimas dos semanas preparando cartas de recomendación de sus anteriores empleos –había hecho prácticas en radios nacionales todos los veranos y dirigía además un programa sobre inmigración y derechos humanos en una emisora local– para optar a un cargo para el que en realidad ya estaba trabajando.

En la modesta pantalla del ordenador portátil, del tamaño de un folio, brillaba el currículum de una chica. Veintitrés años, ojos claros, camisa blanca, cabello castaño claro, media melena. «Esta es la que ha conseguido el puesto. He encontrado su currículum buscando por ahí. Mírala, licenciada en la universidad de su puta madre, mira, mira qué experiencia laboral tiene: dos meses en la emisora de la facultad y hace un año llevó durante unos meses las redes sociales de… ¡la empresa de su padre! ¿Te lo puedes creer? Pero ¿de dónde ha salido esta pija? Pero ¿esto qué mierda es? ¡Si no ha trabajado en su puta vida, enchufada de los cojones! Que la tía esta me da igual, la pánfila esta. ¿Cómo contrata una radio profesional a una persona así? ¿Quién ha decidido esto? ¿Quién? ¿A quién le deben un favor? Si ni siquiera es una radio de los curas o de los fachas, ¿cómo pillan a alguien de la privada? Los directores de programas, las de recursos humanos, todos valoran mi trabajo… ¿Quién toma estas decisiones? Si hubieran pillado a alguien con más experiencia que yo no me importaría, pero ¿esta palurda? Mira, tiene apellido de castellano viejo, de marquesa de Burgos, ¡la madre que parió a los putos Reyes Católicos! ¿Hasta dónde llegan las redes de esta gente, Carlos? ¡Hasta un contrato basura llegan! Que no es ya ni por mí, es por el trabajo, por el programa, por los compañeros, ¿cómo se van a comer este pedazo de marrón? ¡Una persona sin NINGUNA experiencia en radio profesional! No me entra en la cabeza, no me entra en la cabeza, no puedo entender que contraten a cualquiera. No lo puedo creer, de verdad no lo puedo creer. Así está la radio, hecha una mierda, así están los programas, que son un asco, así están los sindicatos, muertos. Un ejército de enchufados. ¿Quién se va a mover si están todos ahí por un favor? No me extraña que este país sea una mierda, de verdad que no me extraña, no me extraña que no levantemos cabeza, no me extraña que nos gobiernen unos putos caciques. Es normal, nos lo merecemos, por mediocres, por cutres, por cobardes. Estamos gobernados por imbéciles, estamos dirigidos por imbéciles, estamos empleados por imbéciles. No me extraña que nos hayamos ido todos a la mierda, ¿y sabes qué te digo? Que ojalá nos hundamos del todo, que nos hundamos completamente, ojalá este país se venga abajo y todo desaparezca y se destruya, ojalá nos vayamos todos de este país de pacotilla y se queden todos estos asquerosos comiéndose su mierda. De verdad, a veces lo pienso. Se merecen que se hunda. ¡Que se hunda este país y se hundan todos! ¿Me oyes? ¡Que se hunda, que se hunda, que se hunda!»

Me cuesta recordar los detalles del resto de la jornada. Supongo que nos iríamos a la calle, a tomar alguna cerveza en las tascas que todavía no habían sido reemplazadas por locales para turistas, quedaríamos con algunos amigos de esos que están siempre de buen humor. En algún momento me llamaron por teléfono para darme la buena noticia y comunicarme que me habían seleccionado para el puesto de librero. Me incorporaba la semana siguiente. Creo que pensé que quizá la encargada de recursos humanos no nos había dicho toda la verdad y la persona a la que tiraban al mar era la que conseguía finalmente el empleo. Por

30

pudor o por prudencia no le dije nada a Aitana hasta el día siguiente. Así conseguí mi primer trabajo.

Desde entonces han pasado más de dos décadas y esos espacios son ya completamente inaccesibles por muchos motivos, así que no sé si la profecía de Aitana se cumplió en su totalidad o solo en parte. Es difícil saberlo y aquí la información llega como llega. Es fácil desconfiar de las noticias cuando uno se encuentra tan lejos. Releo lo que he escrito y me pregunto si habré mezclado algunos datos, algunos hechos, si habrá algún pasaje accesorio o poco relevante. Bueno, tan solo he intentado escribirlo tal y como lo recuerdo. Pensaba que con este gesto podría viajar durante unos instantes al lugar en el que viví durante tantos años de mi vida –y al que por motivos de sobra conocidos no podemos volver–, pero no ha sido así. Os reconozco que al escribirlo no lo he revivido, ni lo he recordado mejor.

Leo también una frase curiosa:

«Los monitores en los andenes de metro eran todavía una novedad, tampoco habían proliferado los postes comerciales con imágenes en alta definición, ni las fachadas de Gran Vía estaban aún recubiertas de cegadoras pantallas». He escrito «recubiertas» y quizá no os parezca la palabra más oportuna. Sin embargo, así me ha venido a la mente y, cuando me pregunto por qué –por qué no lo cambio por «cubiertas», que parecería lo apropiado–, no puedo evitar pensar que esas pantallas, más nítidas que la visión humana y más luminosas que cualquier alumbrado público, taparon algo que estaba ahí antes y que desde entonces ya no está. No, definitivamente no es lo mismo recubrir que cubrir. Envolvieron la ciudad en un brillante papel de regalo y desde ese momento no pudo ser otra cosa más que un regalo a nuestros ojos. ¿Quién era el destinatario del regalo en que se había convertido nuestra ciudad? Esperábamos ser nosotros porque ¿quién podría vivir dentro de un regalo que no es para uno? Ya no recuerdo qué había antes del papel de regalo, así que hay agujeros en esta escena. Hay una parte que no puedo recordar para vosotros.

II. OCÉANO DE LUZ

Jimena Sánchez Bravo despegó en dirección a Sídney la mañana del 4 de septiembre de 2019. Acababa de hacer una escala de madrugada en Dubái, de la que recordará que el agua del grifo de los aseos abrasaba y que los pasajeros se aglomeraban en las tiendas y franquicias de restaurantes, excitados e hiperactivos. Cuando en su momento la telefoneé para que me contara lo que le había sucedido —tras asegurarnos de que se encontraba completamente recuperada—, me dijo que le sorprendía que nadie durmiese. En otros viajes había hecho escalas nocturnas en aeropuertos grandes, en Londres, en Zúrich, en São Paulo, y siempre queda algo de movimiento en las terminales, pero esto era distinto. No se veía a nadie somnoliento ni aletargado, ni un bostezo asomaba en las hileras de butacas. Ningún ejecutivo cabeceaba, ningún bebé dejaba de llorar. Se respiraba un ambiente de agitación, una vibración laboriosa, como si se hubiesen abortado los husos horarios y no existiera separación entre la noche y el día. Acertará a ver la ciudad cuando ya la estén dejando atrás: un ejército de rascacielos emergiendo de la arena, brumosos por el aire polvoriento. El cielo casi tan amarillo como la tierra, el horizonte perfectamente neutralizado. Su ex había vivido allí antes de que se conocieran y a ella le quedaba un rastro de curiosidad por ese lugar –esto último no lo mencionó, pero calculo que no pudo evitar acordarse de ello–. En el avión finalmente puede dormir algo, apenas un par de horas, de las que sale descansada y tranquila, hasta ilusionada por el viaje. Aprovecha ese bienvenido entusiasmo para repasar la ponencia: al día siguiente presenta en un congreso internacional de veterinaria los resultados del último semestre de investigación sobre técnicas de detección IFI para el virus de la leucemia felina. Cuando cierra el portátil debe de ser mediodía, mira por la ventana y ve una inmensa masa de agua que brilla hasta confundirse con el sol, el océano radiante que les envuelve. La persona sentada a su lado, un australiano de unos setenta años, le pregunta si es la primera vez que visita su país. Ella le dice que sí y él, cordial, le pregunta sobre el documento en el que ha estado trabajando. El hombre viste con ese aspecto cómodo y ligeramente desaliñado de las personas que han viajado demasiadas veces con traje de ejecutivo cuando desempeñaban algún cargo de cierta relevancia. Jimena piensa, por ejemplo, en un diplomático retirado al observar la camisa arrugada de lino, las bermudas caquis, las sandalias con calcetines. Su compañero de pasaje reúne muchos de los distintivos que asociamos a un cierto estereotipo de varón anglosajón: cabello aristócrata, mandíbula franca, mirada traviesa y manos glaciales. El coronel amable, el explorador calmado. Charlaron durante bastante tiempo, cerca de una hora, por lo que imagino que ella le detallaría bastantes elementos de su investigación. No me consta, sin embargo, que llegaran a hablar de él –a lo sumo ese señor, del que no sabremos su nombre, le recomendaría sitios para visitar en Sídney–, pero estaban lo suficientemente concentrados en la conversación como para que no percibieran lo que estaba sucediendo a su alrededor. Conociendo como conozco a Jimena –aunque haga ya algún tiempo que no hablo con ella, desde que Aitana y yo nos marchamos ya no podemos telefonearnos–, aventuro que empezaría así:

–Es la presentación de un estudio universitario sobre las características de una técnica de inmunotinción, es decir, el marcado de determinados anticuerpos, para demostrar la presencia reciente de un antígeno específico en el organismo, un antígeno que haya provocado una enfermedad. En concreto trabajamos con métodos de detección IFI o inmunofluorescencia indirecta. Se trata de un tipo de inmunomarcación que emplea anticuerpos unidos químicamente a una sustancia fluorescente. Así podemos mostrar clínicamente la presencia de un determinado antígeno del microorganismo buscado, en este caso el virus de la leucemia felina. Estamos analizando la precisión de esta técnica en leche materna infectada. Leche de gata, claro. Es un trabajo piloto, pero luego se puede aplicar en secreciones similares. Aprovechamos la capacidad que tienen los anticuerpos para unirse a una determinada molécula diana; en este estudio marcamos el anticuerpo con isotiocianato de fluoresceína. El anticuerpo marcado se hace reaccionar contra un preparado biológico y luego se expone a una fuente de luz de onda corta, por ejemplo, violeta, que produce un fenómeno de fluorescencia en la molécula marcadora; esta a su vez emite luz a una longitud de onda más larga, como el amarillo o el naranja. Esta luz puede revelar la localización a nivel celular o subcelular de la molécula diana. La IFI es una prueba algo enrevesada y es más posible que sufra interferencias, porque combina dos anticuerpos en lugar de uno, aunque en contrapartida es mucho más flexible que una técnica de inmunofluorescencia directa, debido a que es posible que un anticuerpo primario se vincule a más de un anticuerpo secundario; eso amplifica la muestra, con lo cual también aumentamos la sensibilidad de la técnica de detección...

Imagino que en algún momento el señor australiano inquiriría por el bienestar de los gatos y la conversación evolucionaría a ámbitos más cercanos y esperanzadores. No querría en absoluto dar la impresión de que Jimena no tuvo en cuenta la sensibilidad y atención de su interlocutor, tan solo ha sido siempre una persona apasionada por su trabajo.

Fue el gesto lo que los interrumpió, el gesto firme de la sobrecargo, que reprendió a una señora por empezar a chillar. No fue por tanto el chillido sino el gesto, imperioso e inesperado, lo que les llamó la atención, y no por su violencia sino por su autoridad. Nos parece más sorprendente –y por tanto improcedente– que una empleada de vuelo reprenda a una usuaria que el hecho de que esta última grite, llore, insulte o patalee. Mientras tanto, el resto de la tripulación –con una educación exquisita motivada por la necesidad de disimulo– pedía a los pasajeros que pusieran los respaldos verticales, levantaran las mesillas plegables y se abrocharan el cinturón de seguridad. Las ventanillas se oscurecieron para no ver ni el indudable humo ni las previsibles llamas. Jimena recordaba ver el motor ardiendo, pero no estaba del todo segura de si se lo había inventado. Sí que recordaba, sin ninguna duda, la explosión. No fue hasta que todos estuvieron abrazados a sus rodillas, expectantes, orantes y, de tal modo, *receptivos*, que el comandante avisó por megafonía de que «intentaría que el aterrizaje forzoso fuese lo más suave posible. La isla tiene una extensa ensenada de arena donde llevar a cabo la maniobra».

«Perder altura produce un mareo dulce, como si alguien te cantara una nana», recuerdo esas palabras de Jimena al teléfono, pero no puedo saber si su rostro al decirlo expresaba calidez o frialdad, y yo imagino una nana de pesadilla, temblor y muerte cuando el avión se precipitó hacia el mar. Alguien chilló de nuevo y fue rápidamente acallado por los pasajeros, necesitados de algún tipo de certeza en el silencio. Así, sigilosos y suplicantes, los pasajeros y la tripulación del vuelo Emirates 202 encararon un aterrizaje de emergencia en una isla desconocida en algún punto del océano Índico. Fue entonces cuando se produjo la explosión del motor izquierdo y el ruido lo protagonizó todo.

Salen a gatas, muy lentamente. La arena es blanca y mullida. Todo es blanco. Avanzan unos metros y se dejan caer, rendidos. Solo hay luz a su alrededor.

Lentamente aparece el verde. Denso follaje de palmeras. Lentamente reaparece el ruido, un eco del huracán ensordecedor en el que se han convertido sus vidas, unas vidas para las que los últimos minutos se han experimentado como años. ¿Se ha quedado ese ruido encajado dentro de ellos para siempre? Es cierto que el ruido permanecerá, pero transformado, con el paso del tiempo, en las olas del mar. Llega el azul del cielo y llega el olor a vómito. Vuelven a vomitar. Durante otros tantos minutos solo se oyen arcadas acompasadas, como si vomitaran por turnos. Llega el dolor, pero está muy generalizado y es difícil de precisar. Con el dolor llega el individuo. Jimena se queda en posición fetal. Permanece así un tiempo incalculable. El sol, luminoso e insistente, la molesta. Se incorpora despacio y ve a todos los pasajeros ocupando la playa, seiscientas personas acurrucadas, aparentemente dormidas. El avión está ahí delante y a Jimena le da ternura. Lo ve como un animal prehistórico que les ha protegido y salvado y ahora agoniza. El incendio se apagó por sí solo y no llegó al depósito de combustible. El ala izquierda está negra y el tren de aterrizaje partido. El avión dio un quiebro en el último momento y da la espalda al mar, el morro apuntando a la selva. Intenta hablar pero no se atreve, todos parecen estar durmiendo y además le da como vergüenza, como si no supiera muy bien ni cómo es su voz ni si esta es fiable. Se despereza un poco, se quita la chaqueta. La brisa marina le agrada, ayuda a que el sol no la achicharre y despeja el olor a vómito, que Jimena espera haber dejado atrás en la americana. En el avión se percibe algo de movimiento, las azafatas ayudan a salir a una anciana. La señora parece completamente ilesa, da unos pasos y se sienta en el suelo. Las azafatas, terminada la tarea, se desmoronan despacio, hasta quedar arrodilladas y apoyadas contra el fuselaje, sin energía siquiera para tumbarse. Jimena podría haberse interesado por algún malherido, pero no quiere moverse, ni preguntar, ni poner en marcha ningún pensamiento, ninguna inquietud, ningún miedo. Levantarse era poner en funcionamiento el tiempo y la responsabilidad y la preocupación: levantarse era volver a ser un adulto. Se merecían, todos ellos, un descanso, no solo del accidente, sino de algo más. Tan pronto como apareció la primera pregunta se vio obligada a levantarse. Naturalmente, la primera pregunta fue: ¿dónde estamos? Aunque no fue capaz de responderla y se desvaneció como había venido, ya pudo empezar a preocuparse por la integridad física del resto de los viajeros.

Debían de estar todavía muy entumecidos y sonados, porque no recuerdan alegrarse cuando el comandante les comunicó que nadie estaba gravemente herido ni nadie había fallecido. No hubo aplausos ni abrazos, sino miradas alrededor, como si el entorno fuera, ahora sí, digno de un examen más detallado. El equipo de vuelo se encaminó a la cabina para intentar restablecer comunicaciones y pedir auxilio, mientras que las personas con contusiones y heridas aparatosas se sentaron cerca de la salida de emergencia para ser atendidos. La sobrecargo eligió algunos viajeros para explorar si los alimentos y bebidas se encontraban en buen estado. Se hallaban todos todavía muy cerca del avión, por lo que la percepción del espacio era, cuanto menos, paradójica. Medio millar de personas amontonadas, muy cerca unas de otras, charlando, fumando, abanicándose, como si aún se hallasen en una terminal o andén esperando a ser transportados a otro lugar. Alguien gritó. Una voz masculina, grave. Algunas voces más, esta vez femeninas. No eran de temor, estaban dirigidas contra algo. Jimena se separó de la muchedumbre para observar mejor. Gritaban a una pareja que se alejaba por la playa. Un hombre y una mujer jóvenes, caminando lentamente por la orilla, sin hablar entre sí, meditabundos. El hombre de la voz grave corrió hacia ellos. Les gritaba en inglés que volvieran. Ellos, perdidos cada uno en sus pensamientos, se percataron cuando estaba a punto de darles alcance. No debían entender bien el inglés. Volvieron cabizbajos y tristes, sin saber qué habían hecho mal. El hombre que les había dado caza, con pronunciadas entradas y una camisa mal abrochada, resopló con acento británico:

–¿Esta gente qué se cree, que estamos de vacaciones en una playa paradisiaca?

La playa era, sin duda, paradisiaca, el mar turquesa y tranquilo, el cielo nítido, adornado por unas pocas nubes blancas. Al fondo, cientos de cocoteros, algunos de ellos arqueados y recostados como posibles asientos o tumbonas. Todavía es pronto para remojar los pies en el agua, pero pronto lo harán. La tripulación no sabe con certeza en qué isla se encuentran, pero han garantizado que está deshabitada. Jimena no tiene todavía ganas de hablar con nadie, tampoco ha podido hacer mucho como sanitaria, lleva toda su vida dedicada a la investigación. Podría entablillar una pierna rota si fuese necesario, pero poco más. Sin embargo, nadie ha solicitado su ayuda, ha habido alguna ceja abierta y algún labio partido, pero los mayores sustos han procedido de personas con dolencias en el corazón o asfixias que finalmente se han revelado como ataques de ansiedad. La angustia ha durado el tiempo que se ha tardado en encontrar la respectiva medicación en el botiquín. Se oyen más voces, el chico de la pareja, con chilaba, se encara con el señor de antes. Su esposa, con hiyab, necesitaba hacer pis. La situación, torpe y molesta, les recuerda que tampoco se han desembarazado de futuras violencias. Algunos grupos se internan en el bosque para hacer sus necesidades mientras un sector de blancos insiste en que nadie debe hacer nada hasta que no pidamos permiso al comandante. La sobrecargo se asoma ante el revuelo y, con un gesto de la mano, da el asunto por zanjado. «Que no se alejen mucho.» El hombre de la voz grave murmura y confabula. «No ha llegado a hablar con el comandante, es una imprudencia. Creo que deberíamos ir a transmitirle nuestro punto de vista, nadie debería moverse de aquí.» Jimena camina hacia la orilla con ganas de refrescarse, pero también de molestar a ese montón de imbéciles. El brillo del sol sobre las olas despide los habituales y reconfortantes destellos, un surco titilante hacia ninguna parte. Se descalza y mete los pies hasta los tobillos. Es la única que lo está haciendo. Va a dar otro paso, pero intuye miradas de desaprobación taladrando su espalda. ¿Se está poniendo «en peligro»? Sabe que si da otro paso escuchará de nuevo la voz alarmada y feroz de ese tipo insoportable. En cualquier otra circunstancia no le importaría y daría ese segundo paso, pero una oleada de hastío le recuerda que se encuentra más agotada de lo que cree. Mejor reservar las energías para más adelante, por lo que pueda pasar. «Por lo que pueda pasar.» «En cualquier otra circunstancia.» Porque ¿en qué circunstancia se hallan? ¿Accidentados? ¿Perdidos? ¿Náufragos? ¿Cómo catalogar una situación como aquella, tan paradigmática en relatos juveniles y seriales de aventuras? ¿Cuántos libros y películas ambientados en una isla desierta ha disfrutado ella misma en el pasado? ¿Le puede servir la ficción para algo? Quizá porque el viento cambie, quizá porque un jirón de nube oculte brevemente el sol, de repente da un paso atrás. No ha visto nada, pero ha visto algo. El agua es cristalina y no ha detectado ningún movimiento, no hay nada que la pueda morder o atacar, pero la sensación de peligro la traspasa. Se gira lentamente y vuelve a la arena sintiéndose vencida por algo, aunque todavía no sepa qué.

–¡Les recomendamos ir siempre en parejas o grupos! ¡No entren en el bosque en solitario, puede haber animales!

La sobrecargo habla desde lo alto de una roca. A continuación pide voluntarios para ir sacando las bandejas de comida. Los botellines de agua han sido distribuidos y Jimena ya ha pisado unos cuantos, arrugados y parcialmente enterrados en la arena. Alguien levanta la mano entre el gentío, pero ella no es capaz de escuchar la pregunta.

–Están preguntando si podemos recoger nuestro equipaje, para cambiarnos de ropa y coger algunos efectos personales. Mucha gente se ha... manchado, ya sabe –le comenta un señor a su lado, con una niña de ocho años en hombros–. Ha sido la niña la que lo ha oído –apunta, entre complacido y orgulloso por la perspicacia de su hija. Se llaman Arash y Fairuza, pero Jimena no lo sabrá hasta más adelante.

La sobrecargo, inagotable líder, organiza un grupo de veinte personas para vaciar la bodega de equipaje. Jimena se sorprende apartando a personas para llegar hasta la «comisión de maletas», le ha entrado la necesidad urgente de emprender alguna actividad.

Cuando sale de la penumbra de la bodega experimenta el primer espejismo. Los ojos se acomodan de nuevo al soleado y rutilante exterior, pero parece haber algo más ahí fuera; el exterior es, por así decirlo, demasiado soleado y demasiado rutilante. Se queda en la compuerta de descarga, quieta, confusa, incapaz de hacer otra cosa más que palpar y agarrar con fuerza el borde del fuselaje para no caer, precipitadamente mareada. Algo refulge cerca de la orilla. ¿Qué es esa franja de luz que la molesta y la ciega? ¿Es de nuevo el resplandor del sol en el mar? ¿Cómo puede el mar emitir un destello tan violento y deslumbrador? Esas gotas de luz parpadeante que antes la han tranquilizado, pues la han transportado por unos instantes a otros veranos, se han convertido en un muro de oro incandescente que amenaza con quemar su retina. Levanta la mano, pero ninguna pantalla puede cubrir ese rayo. Cierra forzosamente los ojos, aunque no ve dónde pisa, bajo su párpado late una cinta de fuego. Una mano le ayuda a bajar, paso a paso, una voz en inglés, sosegada y cariñosa. Se sienta a su lado y entreabre los ojos, el brillo permanece en la orilla, ya atenuado. No oscila ni chispea, no es en absoluto el mar. Es denso y reflectante, es obra del hombre. «Es la comida», susurra la anciana, que no ha soltado su mano. Las bandejas cubiertas de aluminio centellean sobre la arena, los pasajeros esperan que el calor del sol descongele lentamente unos farfalle con pesto y pollo y un arroz basmati con tomate y calabacín. La anciana le da un poco de agua a Jimena, consciente de que el mareo está más relacionado con los cuarenta minutos de descarga de equipaje que con el estremecimiento solar. Se presentan y se dan la mano, pero no se dicen sus nombres. Jimena pide disculpas por acabarse el agua y la señora, delicada y firme, compacta el envase y lo mete dentro de una bolsa. «Los estoy recogiendo, los humanos somos indescriptiblemente guarros.» Cuatro bolsas repletas de desechos atestiguan el trabajo constante de esta señora, de mirada clara, vestido de flores, bastón de caña y sombrero de paja. «Además, me viene bien hacer ejercicio.»

La primera incursión a la selva la hace acompañada de una auxiliar de vuelo, aprovecha además para cambiarse por un conjunto más versátil: camiseta de tirantes y pantalones de lino, que lleva envueltos y doblados junto a una muda de ropa interior. Avanzan entre dos grandes rocas que emergen de la arena, insospechadas unos metros antes. Tras las rocas, el seto de maleza es tupido. A lo lejos se escuchan silbidos y gritos de aves tropicales, también zumbidos, murmullos y repiqueteos. Jimena imagina grandes avispones, ajetreados roedores, escarabajos, saltamontes y ciempiés. Le aterrorizan los ciempiés desde que, de niña, abrazada a su madre mientras dormía la siesta, abriera los ojos para ver cómo una aguja silenciosa atravesaba la mano que la acunaba. La mano de su madre no se hinchó ni deformó, pero el veneno se extendió como una mancha granate por el dorso, que ardía como una quemadura de ácido. Jimena recuerda observar esa piel dolorida, esperando una deformidad que no llega. Es debido a la promesa, siempre arbitraria, de los insectos por lo que deciden no avanzar mucho más, y orinan en silencio, cerca la una de la otra, sin mayores pudores. La selva parece aquietarse cuando ambas humanas evacúan sus restos orgánicos, como si la vida animal hubiera olfateado algo nuevo y, de tal modo, peligroso. «Ninguna novedad es inofensiva en la naturaleza», podría haberme dicho Jimena, con esa pedagogía flemática, algo puntillosa e irritante, que empleaba cuando quería involucrar su conocimiento especializado en sabidurías más vastas y, quizá, más acreditadas. Una mezcla de agudeza y desapasionamiento que ya estaba allí antes de que apuntalara su carácter con los atributos de la experta en Ciencias Naturales que, por otro lado, siempre quiso ser. Esos atributos profesionales de presteza, diligencia y, hasta cierto punto, insensibilidad fortalecían o, ahora que lo pienso, respaldaban una manera de ser previa. Sí, Jimena ya era fría y pragmática antes de acomodar una profesión científica a su personalidad. Pero los miedos no entienden de profesiones y menos aún si se han materializado en una siesta infantil. Mientras permanece acuclillada no deja de pensar que bajo la arena se agitan huidizos cuerpos antenosos que pueden acudir, trastornados y desorientados, a la promesa de la humedad. Quiere acabar lo antes posible, pero algo aparece en la arena, y no son cuerpos móviles de quitina, sino pequeñas manchas negras, gotas livianas que al tocar la arena blanca adquieren la densidad del petróleo. Se pone en pie y mira al cielo, esperando algunos restos de resina entre las ramas aéreas. La azafata busca un pañuelo, pero ella decide usar las bragas de recambio cuando nota el líquido en los labios. Le sangra abundantemente la nariz.

Tras la comida les invade un lento sopor. Mientras la tarde declina aparecen también la impaciencia y la incomodidad, primeros signos de civilización. ¿Se sabe algo? ¿Se sabe algo? La pregunta brota para retornar un poco más lejos a los pocos minutos, como un riachuelo subterráneo cuya corriente tan solo reapareciera en leves e inadvertidas depresiones del terreno. En la cabina no se percibe actividad y las auxiliares de vuelo han aprovechado para descansar tras horas de organización y víveres. Todavía no hay respuesta de un posible salvamento. Algunas personas se remojan los pies y la cabeza pero nadie se baña: el mar parece ocultar más de lo que revela y la luz de la tarde ha oscurecido el oleaje. Las maletas aparecen abiertas al lado de cada pasajero, proporcionando una ilusión de intimidad, pequeños recintos privados de propiedad individual. Una ilusión algo engañosa, pues, por circunstancias contemporáneas, todas las maletas son prácticamente iguales y a Jimena le dará algo de reparo, tras observar a sus correspondientes dueños, darse cuenta de que forma parte del sector del plástico negro semirrígido. No se sabía tan funcional. Se promete comprar equipaje llamativo a partir de entonces, cuando salgan de allí. Ni por un momento se le ha ocurrido pensar que no vayan a salir de allí, ¿verdad? Si se repite la pregunta, asoma un miedo antiguo, difícil de pronunciar. Decide desembarazarse de ello ocupando su mente con alguna labor, pero no es sencillo encontrar una actividad, así que recoge conchas de la playa. Los gritos esta vez sí parecen pertenecer, si no al temor, al menos al requerimiento de auxilio. Proceden de la selva. Son dos veinteañeros con aspecto de surferos, con bermudas y sudaderas, y corren con la lentitud inestable con la que los humanos nos desenvolvemos por la arena. Vocean algo ininteligible pero se interrumpen al llegar al «campamento de maletas», necesitan recuperar el resuello antes de poder preguntar:

–¿Hay algún veterinario? ¿Hay algún veterinario?

En esta ocasión se adentran en la selva por una lengua de agua que se interna en el terreno. Jimena, sintiéndose un poco ñoña, echa de menos las dos grandes rocas de antes. ¿Y si no las vuelve a ver? Se movilizan nostalgias imprecisas cuando descubrimos un paraje que nunca más en nuestra vida vamos a volver a visitar. Decide echarles un vistazo al día siguiente.

–Por la orilla podemos sortear la maleza y avanzar más rápido.

Se internan así en la espesura por este cauce de agua salada y escasa profundidad; la vegetación de troncos, lianas y flores cubre el cielo como una bóveda de verdes y dorados. El atardecer se acerca. Libélulas y moscas, motas de polvo iluminado, llevan a cabo sus meticulosos perímetros voladores. El perro está herido y no han querido moverlo. Thomas lleva el botiquín y Josh, unos arneses. Un tercer surfero, llamado o apellidado Denver, los espera allí junto a la mascota, un labrador demasiado curioso o demasiado insolente. La veterinaria va tras ellos, pisando sus

46

pisadas, Josh le ha recomendado no ir por el agua por si hay peces escorpión. La selva va adquiriendo esa tonalidad umbría, metálica y militar que en algunas latitudes cultiva el verde cuando pierde la luz. Jimena percibe nuevamente el gradual descenso del sonido ante su presencia, como si los animales se estuvieran preparando para dormir o para atacar. Intenta recordar algún manual de zoología que disuada a cualquier caimán de acecharles, pero no parece necesario, tan solo tiene que consultar con los surferos, al corriente de numerosas modalidades de jungla en sus viajes alrededor del mundo. Los chicos, atléticos, encantadores y educados, la tratan como a una hermana mayor. Aunque no le entusiasma, tampoco le extraña, antes de dejar la playa una señora la ha pulverizado de perfume sin pedirle ningún permiso y ahora está impregnada de jazmines, canelas y menopausia. «Es un truco, no me dé las gracias, así los depredadores no olerán su sangre.» Espera que tampoco ningún abejorro la confunda con una orquídea. Algo se agita entre las ramas lejanas. Algo grande. Jimena intenta promover su adrenalina, aguzar el oído, ampliar la visión periférica, pero estos jóvenes australianos se encuentran muy relajados. Además, no dejan de hablar.

–Billy se marchó tras algo y volvió cojeando, tiene una herida muy fea. Ya lo verá. Ah, mira, era por aquí.

Cruzan unos helechales y aparecen Denver y el abatido Billy. Los rodean una docena de cocos que el joven se ha entretenido en romper. La imagen la sobrecoge y será el recuerdo que más veces la visite en el futuro: un chico con barba rubia y un perro, perfectamente solos en mitad de la selva, ajenos a la prevención y la desconfianza. ¿Nos libra la serenidad del peligro? A Jimena le encantaría pensar que sí y eso la sorprende, como si anteriormente hubiera elevado la anticipación y la cautela a un pedestal superior. La mujer deja el coco que le ofrecen para más tarde y examina al perro, una pata delantera está rota pero la herida más violenta está en la mandíbula. Sangra y tiene varios dientes rotos. Le han atacado con algo contundente. La buena noticia es que el cráneo no ha sufrido ningún golpe grave.

–Parece que le han golpeado con algo, como una piedra grande –dice, y se da cuenta de que está hablando en castellano.

Por supuesto, estos chicos también hablan castellano y se dirigirán a ella en ese idioma durante todo el viaje de vuelta. El misterio de la piedra no perseguirá ni a Josh ni a Thomas, aunque a Denver le dejará meditabundo y apocado. Cada cierto tiempo musitará:

–Es triste, es muy triste.

Y al llegar a los últimos cocoteros y recuperar la luz, la tarde y el cielo, el chico les reclamará y, con lágrimas en los ojos, absolutamente desolado, les preguntará:

–¿Quién puede haber hecho algo así?

Josh y Thomas depositarán a Billy en el suelo y abrazarán a su atribulado amigo, que gime y llora con conmovedora naturalidad. Es entonces cuando Jimena, que mira hacia otro lado para intentar respetar una intimidad que nadie le ha pedido, se encuentra con el hombre y la niña de antes. Él está sentado en el suelo, con la espalda apoyada en el tronco de una palmera, la cabeza inclinada, la nariz hacia las copas de los árboles, la nuca reposando en las manos de su hija. La chica la ve y la llama, agitando la mano con cierto nerviosismo. El hombre la mira con los ojos entrecerrados, la tez de color amarillo aceitoso.

–Disculpe, no soporto que me sangre la nariz.

Jimena le alcanza unos pocos kleenex y el hombre arroja sus pañuelos sanguinolentos, la brisa los hace aletear lentamente por el suelo. La mujer piensa en unos claveles enterrados, aunque la escena le provoca una cierta aprensión: la arena tiene la facultad de rebozar cualquier objeto en una nube de porquería. Contienen la respiración hasta que la hemorragia parece finalmente superada. El hombre le dice entonces a Jimena que necesita pedirle un favor.

–Acompañaba a mi hija a los árboles, pero necesito descansar un poco más. ¿Le importaría ir con ella antes de que se haga de noche?

La niña discute un poco con su padre en un idioma que ella desconoce. Tiene los ojos inmensos y las pestañas negras y expresivas. Pero es una discusión tan protocolaria como su repentino acceso de vergüenza infantil, que se despeja súbitamente en cuanto la chica la agarra de la mano y se dirige con ella al bosque. En el camino se presentan y Jimena, para su sorpresa, le habla a Fairuza de las dos grandes rocas que se ocultan al otro lado de la playa. ¿Qué le ha dado a ella con ese sitio? Lo achaca a su dificultad para conversar con niños. Avanzan unos metros entre palmeras enanas, hasta que la niña se suelta de su mano para encaramarse a grandes raíces nudosas con las que elude charcas y lodos. El bosque se ha convertido en un humedal. Jimena advierte sobre los peces escorpión, lo que motiva una mirada burlona de la niña.

–Avancemos un poco más, no me gusta mear sobre agua.

Cuando uno camina por un territorio desconocido y tortuoso, la lentitud de la marcha acaba contagiando la percepción del tiempo, imaginamos que los minutos avanzan con la dificultad e indecisión con la que nosotros encadenamos nuestros propios pasos tentativos e inciertos. Quizá por eso el anochecer cayó sobre ellas de una manera tan repentina. La chica estaba agachada tras un tronco vencido y musgoso, terminando de hacer lo que tuviera que hacer, cuando escucharon los aullidos. Provenían de lo alto y eran numerosos y agitados: a Jimena le pareció que eran las propias copas de los árboles las que les chillaban que se marcharan de allí. Fairuza dio un salto y se refugió tras ella y Jimena no pudo hacer otra cosa que, congelada por el terror, intentar contar las voces. Pero las voces eran incontables. Eran graves y fuertes y desesperadas. Y no cesaban, unos gritos breves y rítmicos, que incorporaban un jadeo desagradable y molesto, como si les agotara su propia violencia. ¿Por dónde vendrían? ¿Por la tierra o por el cielo? Porque Jimena no tenía ni idea de a qué entidad –no podía pensar siquiera en que todo aquello procediera de animales– pertenecía ese ejército espectral. Como si supiera lo que estaba pensando, una voz en inglés, calmada y familiar, comentó a sus espaldas:

–Son chimpancés.

Allí estaba la anciana, observando fijamente la floresta oscura, mientras aferraba su bastón con tranquilidad y firmeza.

–¿Cómo que son chimpancés?

–Será mejor que nos marchemos. Venga, lentamente, niña, ve tú primero.

Jimena dio un paso tan asustada y desprotegida ante la presencia avasalladora de lo bestial que por «niña» pensó que aquella mujer se refería a ella. Caminaron en silencio, muy poco a poco y muy despacio, hasta que los aullidos, que no se interrumpieron en ningún momento, fueron quedando atrás.

–Id mejor por el agua, así borramos el rastro. Lo vi en un documental de naturaleza en la televisión de mi país. Veo muchos documentales. Los chimpancés que viven en zonas donde no hay presencia humana son muy violentos, mucho más agresivos que la imagen benévola que tenemos de ellos. Si nos han alertado era porque no pretendían atacar, imagino, pero la verdad es que podrían habernos hecho picadillo sin darnos ni cuenta. La anciana consideró afortunado cerrar su intervención con una risita apagada. Encabezaba la marcha y apartaba la maleza con golpes precisos del bastón, como si llevara haciendo eso toda su vida. Hasta parecía que punteara cada pausa de su conversación con uno de esos gestos secos que los tallos y hojas no se atrevían a contradecir. A Jimena toda esa contundencia, elegante y controlada, le producía admiración. Una vez que salieron de la parte cenagosa decidió cargar a hombros con la niña, que había perdido una sandalia. Así avanzaba la comitiva mientras el cielo se desteñía en ramilletes naranjas y púrpuras. Cuando pisaron finalmente la arena, la niña salió corriendo a buscar a su padre; tan solo les separaba de la playa una fila de árboles, apenas unas sombras negras contra el fondo de penumbra del mar. Fue entonces, con la noche ya instalada, allanados los colores y las formas, cuando Jimena experimentó la segunda alucinación. Parecían luciérnagas. Lucecitas verdes suspendidas en el aire, ocupando toda la bahía. Un enjambre flotante de luces y parpadeos, a veces inmóviles cerca del suelo, otras veces volando sinuosas a la altura de un hombre. Cientos de luciérnagas, unas se desplazaban con un ritmo constante, otras circulaban con lentitud hasta detenerse. Era una danza extraña, y Jimena pensó en fuegos fatuos. La anciana seguía caminando a su lado, hollando el suelo con el bastón y mirando al suelo, preocupada por no tropezar con ninguna raíz, sin percatarse de nada. Jimena, por el contrario, notó el vértigo culebrear por su columna vertebral, no era capaz de detectar la sombra del avión ni a ninguno de sus acompañantes. Estaba valorando si esconderse tras un tronco cuando escuchó voces. Alguien reía. Escuchó también una musiquilla microscópica. Distinguió los rostros. Rostros azules y verdes, rostros amarillos y blancos. Fairuza vino corriendo con su padre de la mano.

–¡Tenemos cobertura!

Tras la larga siesta, alguien había decidido encender la tablet para jugar a algún videojuego de puzzles o plataformas y a los diez minutos le habían llegado tanto avisos de llamadas perdidas como mensajes de aplicaciones y notificaciones de redes sociales. No solo tenían cobertura telefónica, sino que los datos funcionaban perfectamente y todos los pasajeros se encontraban haciendo videollamadas con familiares y amigos.

–Falla un poco la geolocalización, así que no sabemos del todo exactamente en qué isla estamos –Arash le contaba todo esto mientras Fairuza saludaba a su abuela y su madre, sentadas en el sofá de su casa.

–No, no, es porque estamos en zona militar, por eso no funciona Google Maps –dijo un chico que andaba por allí.

–Pero ¿han podido contactar con alguien? ¿Han llamado a la embajada o a la aerolínea? –Jimena intentaba ubicarse en el torrente de información que la rodeaba, a la vez que intentaba averiguar dónde se hallaría la anciana, a la que había perdido de vista.

–Ah, no, pero ¿no lo sabe? El técnico de comunicaciones consiguió contactar hace una hora con una base militar norteamericana que se encuentra a unas pocas millas.

Es tarde para organizar un rescate nocturno pero vendrán a por nosotros al amanecer. Ya está todo solucionado.

Jimena intenta encontrar su maleta en la penumbra, pero no lo consigue, la noche ha cambiado las proporciones y las perspectivas, el avión debería estar más cerca y debería ser más grande, pero no es más que una sombra sobre otras sombras. Tropieza con dos botellas de champán, parece que se ha perdido las celebraciones. Tiene la noción confusa de estar en un festival de música, intentando reencontrarse con su grupo de amigos en un hangar oscuro de focos móviles, distancias cambiantes y cuerpos aglomerados. Al final encuentra su maleta gracias a la linterna del teléfono de Fairuza. Aprovecha entonces para llamar a su familia y mandar mensajes a algún amigo íntimo, que, a su vez, nos avisará. Ya que está en ello, aprovecha también para avisar a su jefe de que informe a la gente del congreso. Le sorprende la hora, apenas son las siete. Estaría llegando a Sídney más o menos en ese momento. Poco después se forman colas para recoger los escasos snacks que quedan como refrigerio. Mientras se dirige de vuelta a su maleta, masticando unos cacahuetes, se reencuentra con la anciana, que está aprovechando para charlar con un hijo o sobrino. Le dice hola, pero la señora no la ve, y resuelve saludarla más tarde. Jimena no es muy proclive a ternuras espontáneas, pero le guarda un cariño especial a su salvadora. Se sienta e intenta observar las estrellas, pero los dispositivos electrónicos encendidos a su alrededor invaden tanto la idea de penumbra como la de cielo, en algún momento la sobrecargo tendrá que organizar la pernocta y la oscuridad, como si fueran niños. Observa a dos hombres cerca de ella, cada uno está viendo una película en su portátil. Se levanta y se acerca a la orilla. Allí ve el firmamento estrellado y escucha las olas del mar. Le asalta una duda y está a punto de mirar en el móvil si hay peces escorpión en el océano Índico, pero intenta postergar ese respiro un poco más. Ve el cigarrillo latiendo en la oscuridad, el hombre se le acerca, solo es un rostro oscuro. Se saludan.

–¿Sabe lo que me molesta? Que apenas hemos salido de la playa. Estamos en una isla desierta y ni siquiera hemos salido de un perímetro de quinientos metros. Una isla desierta, ¡y no la exploramos! He intentado seguir la orilla para ver la otra costa, a lo mejor había un pueblo de pescadores y nosotros aquí, atontados al sol. Pero no me han dejado, me han dicho que, si venían a rescatarnos y yo no aparecía, no nos podríamos marchar. Lo entiendo. En realidad, lo entiendo, pero nunca imaginé que un accidente aéreo me provocaría claustrofobia.

Jimena se siente tentada de hablarle del perro herido y los chimpancés, pero el hombre ya le está proponiendo una fuga nocturna.

–¿Lo intentamos? ¿Eh? ¿Nos damos una vuelta? Solo hasta ese promontorio, por ver qué hay. ¿O mañana, a primera hora?

–No, gracias.

–Nadie quiere acompañarme. –El señor se queda en silencio, mirando la negrura del mar.

De vuelta a su maleta se siente ya como en un pequeño apartamento unipersonal. Ha puesto un pareo de tela sobre la arena y unas zapatillas alineadas le dan la bienvenida. Ha tenido hogares más precarios que ese. Deja las sandalias junto al otro par, como si demarcaran la entrada de su cubículo, y se prepara para el previsible enfriamiento. Esa noche verá a más personas a las que les sangre la nariz, pero un médico avisará de que es perfectamente normal tras el traqueteo del accidente y el cambio abrupto de presión. Dormirán al raso, algunos de espaldas a la selva, otros de espaldas al mar. Me confesará, entre risas avergonzadas, que, no sabe muy bien cómo –«te prometo que no sé cómo»–, de repente tenía el ordenador abierto sobre sus rodillas y estaba revisando la ponencia del día siguiente. Hasta llegó a abrir un momento la bandeja de correo, pero la cerró rápido y apagó el ordenador. Buscó el libro que estaba leyendo y se fue quedando lentamente dormida. Le habría gustado que los aullidos volvieran, los pasajeros se levantaran de golpe asustados y tan solo Fairuza, la anciana y ella pudieran tranquilizarlos, pero el sonido del oleaje fue lo único que se escuchó durante la noche.

A las cinco de la mañana ya era prácticamente de día, aunque aún no había salido el sol. Empezaron entonces las prisas y algunos tropiezos, solo podían llevar un bulto y debían estar listos en media hora. Jimena recogió todo con rapidez y se marchó a hacer sus necesidades a las rocas del día anterior; tan pronto como se había alejado del campamento escuchó voces de las auxiliares de vuelo insistiendo en que volvieran ya, la fragata estaba en camino. El tiempo se había acelerado inexplicablemente. Se agachó tras un tronco para evacuar y, una vez concluida la tarea, ajena a las miradas de autoridad que procedían de esa improvisada pero eficiente civilización, pensó en pegarse una carrera para despedirse del lugar al que había cogido tan inesperado afecto. Se quedó de pie, en silencio, buscando con la mirada el camino hacia su recuerdo y notó las piernas tensas, los músculos preparados para un esprint. Fue como si despertara tras un largo sueño. De repente todo aquello le pareció una chiquillada, así que caminó tranquilamente de vuelta al campamento. Y, a diferencia de la experiencia del día anterior en el mar, no se sintió vencida por ninguna fuerza interna, sino segura, confiada, fortalecida. Mientras emprende ese último camino de retorno la acompaña una convicción cristalina: lleva perdida, confusa y equivocada desde que se accidentaron y esta es la primera decisión acertada que toma. A fin de cuentas, ¿qué importancia tienen esas rocas? Si repasa los eventos del día previo no se gusta, ha estado torpe, ella no es así. No se extraña de recobrar una cierta sensación de dominio, como si hubiera estado asustada y fuera de lugar toda la jornada anterior y no pudiera pensar con claridad. Aparece entonces una fragilidad y una tristeza profundas, que se habían mantenido ocultas y a la espera, y a Jimena le intranquilizará tanto esfuerzo por parte de ambas por pasar inadvertidas. Tristeza y fragilidad caminan esta vez de la mano. Sí, lo había estado pasando fatal pero no se daba cuenta hasta ahora. Si continúa, si observa con detenimiento esa tristeza, descubre más cosas, y decide no dejar esa inspección para más adelante, convencida, para bien o para mal, de que la curación requiere de cierta voluntad. Puede rastrear algo cercano al orgullo herido, una sensación general de incapacidad e imprecisión a la que no está acostumbrada, que puede recordarle emociones remotas, quizá infantiles, que desde luego no le apetece reconocer como propias. Ella jamás se ha sentido reconocida en la fragilidad. Le cosquillea además la leve sospecha de que algunas de las personas con las que se ha cruzado en la isla se han burlado de ella. No era necesariamente verdad, pero algo la había sacudido por dentro y al fin, poco a poco, creía empezar a recuperarse. Algo se había roto pero ya estaba encontrando vías de reparación. No habría más dudas, ni más miedo, ni más imaginaciones. Vencería, como había vencido otras veces. Qué era lo que tenía que vencer, todavía no lo sabía, pero, sin darse cuenta, sus propios hábitos ya la estaban aproximando a la victoria. Tras ella, otros pasajeros salían también de sus escondrijos y retretes con la avidez con la que ansiamos recuperar nuestras vidas. Con una puntualidad asombrosa, la fragata apareció en el horizonte en el momento en que salía el sol. Hubo algunos aplausos a los que Jimena se sumó. Los cadetes del ejército norteamericano no se anduvieron con muchas contemplaciones y los subieron a las lanchas de salvamento con brusquedad. La maniobra de rescate no parecía haberles pillado de muy buen humor y no faltaron algunos empujones y gritos para que se movieran con rapidez. Alguien comentó que era debido a las complejidades y caprichos de las mareas, pero lo cierto es que tanta rudeza les impresionó, y tuvieron la sensación de que habían dejado de ser pasajeros para convertirse en rehenes o, algo incluso peor, refugiados. A Jimena no le importó en exceso, estaba cansada de la mayor parte de los pasajeros, de sus reclamaciones y exigencias. La disciplina, al fin y al cabo, los igualaba.

Justo antes de salir en la lancha, la posibilidad de la aventura regaló a Jimena una nueva zozobra. Junto a otras veinte personas esperaba en la penúltima embarcación, que, por algún motivo, no recibía la orden de partir. Vieron al único azafato correr nervioso al avión; tras unos diez minutos apareció en la compuerta y negó con la cabeza. La sobrecargo se aproximó a la orilla y discutió con una azafata. Miraban una carpeta y contaban a los pasajeros. Aparentemente faltaba una persona. Jimena miró a la selva –probablemente por última vez– y recordó al señor australiano con el que había hablado en el vuelo, del que se había olvidado completamente y al que no había visto nunca más. ¿Habría intentado explorar la isla y no había vuelto? ¿Dónde estaría? Fijó la vista en los cocoteros silenciosos con toda la concentración posible, por si aparecía alguna figura humana. Quizá el hombre que la había abordado la noche anterior había decidido internarse en la densa y desconocida jungla. Las hojas de los cocoteros se mecieron con la brisa, mientras la playa mostraba los objetos y bultos abandonados del breve campamento. La sobrecargo hablaba por teléfono. Todo estaba bien. Las auxiliares confirmaron que la persona que faltaba ya se encontraba en el buque. La isla quedó atrás. Podríamos decir que quedaban todavía algunas sorpresas por delante, pero se resolvieron con tal sensación de alivio y gratitud que se disfrazaron de normalidad. También ciertas molestias y abusos se disiparían o hasta se verían justificados por parte de todas aquellas personas agotadas. Nada más llegar a la base los recibieron metros y metros de alambradas y les ordenaron quitar las baterías de sus teléfonos. En el camino a los barracones, a un señor con gafas le sonó el móvil y se lo requisaron al instante. Felizmente pudieron ducharse y desayunar, de nuevo con cierta premura, porque la avioneta los esperaba en la pista de aterrizaje para transportarlos rápidamente a las islas Maldivas, donde un avión de pasajeros los llevaría a Sídney. En el desayuno Jimena pudo al fin despedirse de la anciana, se dieron la mano con gran corrección; también se despidió de Fairuza y su padre, la niña dejó el zumo que estaba bebiendo y la abrazó. Jimena reconoce haber sentido un ligero mareo cuando a las siete de la tarde del 5 de septiembre aterrizó en el aeropuerto de Sídney y leyó su nombre impreso en un rótulo. La chófer, probablemente despistada, la trasladó directa al congreso sin pasar por el hotel, mientras los vértigos temporales intentaban apoderarse de nuevo de Jimena. En la recepción del pabellón se resolvió el error y le dijeron que no se preocupase y se marchara a descansar, habían suspendido su ponencia, aunque, añadieron, podían hacerle un hueco en el horario del día siguiente, último de las jornadas. Dependía de ella.

—¿Y la presentaste al final? —le pregunté, sorprendido y algo escandalizado.

—Por supuesto —me contestó, victoriosa, y se echó a reír.

Antes de despedirnos me contará que esa noche, duchada y cenada, tumbada en la cama del hotel, buceará en la web para descubrir dónde habían estado y qué había sucedido. Tras informarme sobre los detalles del accidente me comentará que había averiguado exactamente dónde se estrellaron. Descubrirá el nombre de la isla y descubrirá además que la isla no era en realidad una isla, sino un atolón con forma de anillo. Tras el primer kilómetro de árboles se extendía un enorme estanque coral de agua salada, que nadie vio. Me dirá también el nombre del archipiélago y me contará que la base militar adonde los llevaron es vía de paso a Guantánamo[3] y probable centro de detención y torturas del ejército estadounidense. Dispuesta a peinar todas sus experiencias con extraordinaria diligencia y corregir alguno de sus recuerdos, me contará también que esas islas originalmente no estaban deshabitadas pero que el Gobierno británico, en cooperación con el ejército americano, había deportado a todos sus pobladores para montar ese complejo militar a finales de la década de los sesenta

3. El centro de detención de Guantánamo era una prisión militar de alta seguridad del ejército estadounidense, localizada en el extremo sudeste de Cuba, conocida por presuntas torturas, violaciones de los derechos humanos y juicios ilegales a partir de 2001 en relación con la invasión de Afganistán.

del siglo pasado. En aquel momento la república de Mauricio todavía reclamaba aquel archipiélago. Le pregunté entonces si no había dejado ningún misterio de la isla por resolver y, tras pensarlo unos instantes y calibrar si mi pregunta era bienintencionada, me respondió que solo quedaba por adivinar qué o quién atacó a ese perro. Ella no me lo pensaba decir, pero confiaba en que mis habilidades deductivas solucionaran ese último enigma. «Eres perfectamente capaz de averiguarlo, Carlos», me dijo y volvió a reír. Jimena era ya la Jimena de siempre y estaba resuelta a no dejar ningún cabo suelto, ningún recurso a la imaginación.

Años más tarde, sin embargo, la isla volvió –de la única forma que, por otro lado, podía volver– y reconozco que me extrañó un tanto que Jimena me hablara de ella, como si su simple mención invocara un mundo desaparecido; tanto ella como yo, en nuestros respectivos mundos, nos habíamos olvidado del suceso y cada uno estaba preocupado por asuntos más delicados y urgentes, también más pesarosos. Mientras escuchaba un mensaje de voz sobre la enfermedad de su madre que me había dejado en el correo –Aitana y yo ya nos habíamos marchado y nuestras conversaciones solo podían efectuarse por ese canal–, me anticipó que al final del mensaje me contaría algo. Se trataba de un sueño.

–Al principio no sabía dónde me encontraba, aunque estaba segura de que conocía el lugar, de que había estado allí antes. Caminaba por la playa, pero no había nadie, absolutamente nadie, tampoco se escuchaban las olas, tan solo el soplido de un viento constante. De pronto recordaba que el avión tenía que estar allí, sus restos destruidos, pero no había ninguna huella, ningún fragmento de ala o de neumático, tampoco ninguna pertenencia, ni objeto humano, ni siquiera uno de esos botellines de plástico. Caminaba hacia el bosque. Intentaba entonces buscar las rocas aquellas y las encontraba pero, como pasa siempre en los sueños, eran distintas, habían cambiado, pero yo sabía que eran las mismas rocas y las tocaba, repasaba su superficie con la mano. Seguía avanzando y tras las rocas ya no había árboles o palmeras. No había agua, ni vegetación, ni animales de ningún tipo, solo había arena. A lo lejos reaparecía el azul del mar. La isla era un desierto, una gran llanura de arena sin colinas o valles. El viento era algo molesto, pero no me importaba. Y yo estaba muy serena porque el sol era agradable y el lugar no escondía nada, todo estaba a la vista. Estaba rodeada de mí.

III. MARTE FLORECIDO

Nunca había estado en un sitio así, nunca había visto un paisaje así. Subíamos el puerto de montaña con el coche y todavía no se adivinaba el mar a lo lejos. Recuerdo que le dije, «esto es como Marte», y él asintió sonriendo y contestó, «un amigo me dijo, la primera vez que vino aquí, que debía haber sol hasta debajo de las piedras». Yo noté algún tipo de tristeza por el modo en que lo dijo, como si esa tierra, su tierra, no valiera nada y estuviese condenada a ser siempre pobre. Nos asomamos a la otra vertiente y empecé a distinguir florecillas diminutas entre los cardos y el esparto del desierto y añadí, risueña, «¡es Marte pero con flores!», y él, al volante, se puso muy contento, contentísimo. Percibí una vez más que tenía el poder de hacerle terriblemente feliz y hacerle terriblemente desgraciado. Este momento que recuerdo fue un momento alegre y darme cuenta de ese poder no me importó, porque estaba enamorada y teníamos todo el mar y todo el verano por delante.

Me rodean las cajas de la mudanza y me voy encontrando con estos y otros recuerdos de nuestra vida en común, mientras decido qué se queda aquí y qué me acompaña. Tengo que ser selectiva, el equipaje que podemos llevar es muy restringido. Debo escoger por tanto lo esencial. Es nuestra última noche aquí y el apartamento está parcialmente desmontado, hemos regalado muebles, lámparas y cacharros de cocina; ahora el piso, desprovisto de nuestras cosas, me recuerda a cómo era cuando nos mudamos a vivir a este barrio. Carlos diría que el piso ya es otro, que ha cambiado, pero a mí me apetece pensar que es el de siempre, ni más ni menos habitado por nuestra presencia. Prefiero pensar que por cada cuadro que descuelgo le dejo un poco de espacio, un poco de aire, lo libero.

Me asomo al balcón y no encuentro mi reflejo al otro lado de la calle, sino la luz que flota sobre las edificaciones que no quieren ser vistas, que sobrevuela y enmascara por las noches el complejo hotelero, con su patio porticado y sus piscinas, y los edificios del Gobierno, entre los que se cuenta el palacio donde reside la alcaldesa. No distingo nada de todo esto, oculto como está por la bruma iluminada. Es marzo y hace fresco. Al respirar el aire nocturno expulso vaho y, por un instante, este parece querer reunirse con la pálida neblina del fondo. Esas manzanas están equipadas con unos inhibidores lumínicos que se han puesto de moda últimamente y que reflejan todo aquello que les rodea. Así, todos esos edificios institucionales y alojamientos lujosos desaparecen durante el día tras un espejo en el que los vecinos y viandantes nos vemos reflejados. Cuando salgo al balcón a fumar por la mañana ya no veo el jardín interior de la alcaldesa, con sus pérgolas, estatuas y fuentes, ni el movimiento de sus escoltas y coches oficiales; tampoco veo la cúpula, las cornisas y molduras de aquella histórica sede bancaria que acabó convertida en un hotel de siete estrellas, sino que me veo a mí, lejana, silenciosa y pensativa, enmarcada entre los balcones y ventanales de mi propio edificio. De día el balcón da a nosotros mismos y, si levanto la mano, mi imagen reflejada me devuelve el saludo. El poder está oculto tras un espejo que nos devuelve una imagen colectiva. El poder es opaco y a la vez reflectante, una barrera de luz. Por la noche, el espejo se apaga, pero libera toda la luz retenida durante el día: los fotones que dan cuenta de la vida interna de los edificios se propagan en ese resplandor blanco que observo ahora, se desvanecen lentamente en el cielo. Me pregunto qué verán sus habitantes por la noche si miran por sus grandes ventanales, ¿será siempre de día allí dentro? ¿Podrán vernos ellos a nosotros?

Es curioso que hayamos terminado viviendo nuevamente en el centro de la ciudad, a pocas calles del primer piso en el que viví cuando todavía era una estudiante. Han pasado más de quince años y, a pesar de que la ciudad ha cambiado mucho en su apariencia, también siento que en el fondo sigue siendo la misma de siempre, y esa certeza, la certeza de que no va a cambiar aunque nosotros no vivamos ya en ella, me ayuda a marcharme. No va a suceder nada nuevo que yo no vaya a conocer. Pienso esto con egoísmo, claro, quizá también para tranquilizarme por no haber sido capaz de frenar toda esa inercia que nos ha acabado expulsando de aquí. Por otro lado, no somos ni los primeros ni los últimos en irnos.

Pero pensemos en otras cosas, aislémonos un poco del presente, veamos, ¿qué estoy buscando exactamente?

Apareció el mar a lo lejos. Yo miraba a un lado y otro de la carretera, observaba todos esos invernaderos que, para mi sorpresa, no eran de plástico, sino que estaban cubiertos de una lona amarillenta del color de la tierra, como si el polvo los hubiera zarandeado durante años hasta confundirlos con el suelo. Los famosos desiertos de plástico del sur no eran del todo de plástico. Recuerdo mirar al interior de esas galerías buscando a aquellos trabajadores migrantes de los que sabíamos tan poco, a los que ninguno de nosotros conocía, pero de los que leíamos que trabajaban en condiciones infrahumanas. Sin embargo, no se veía a nadie, todos esos cultivos techados estaban vacíos y silenciosos. Acababa de conocer a sus padres en la ciudad y ahora íbamos a visitar ni más ni menos que a su abuela.

¿Somos capaces de recordar la primera vez que llegamos a un lugar, un lugar que luego hemos visitado reiteradas veces? Puedo recordar el camino, la carretera, el paisaje de huerta y desierto, más adelante el mar de un color tan claro y tenue, tan distinto del océano al que yo estaba acostumbrada. Puedo recordar esas novedades y asombros en ese primer viaje al sur a conocer a su familia, pero no alcanzo a recordar la impresión que me produjo la entrada a la casa de los padres, esa vivienda de la que Carlos tanto me había hablado, porque está ya enterrada por todas las veces que volví allí. Un sitio ajeno que se fue convirtiendo poco a poco en mi casa, una familia extraña y exótica que se fue convirtiendo poco a poco en mi familia. Es un proceso muy particular aquel en el que lo extraño pasa a ser algo propio. Cuando una llega a la casa de la que todavía no se atreve ni a nombrar –ni a imaginar– como «su suegra», se encuentra en un espacio desconocido ante personas desconocidas, pero a la vez todo ello está imantado por la persona amada y sus recuerdos. Se encuentra una formando parte de un pasado que no le pertenece y debe ser cuidadosa en no mover demasiado el mobiliario ni desplazar demasiado los objetos; si estás atenta puedes comprobar cómo tu mera presencia va transformando en directo la intimidad de un hogar reducido hasta ese momento a un número fijo de componentes. No es exactamente una adopción, porque yo no había perdido a mi familia, pero no se me ocurre una experiencia comparable: una intrusa a la que se da la bienvenida. Por muy acogedora que sea la eventual familia política, nadie sabe dónde está el cuarto de baño en la primera visita. Y sin embargo, años más tarde, si la relación es buena –y la nuestra lo era, o lo fue–, ese cuarto de baño será tan tuyo como el de tu propia casa familiar y tu mano encontrará el objeto que precise sin necesidad de encender ninguna luz. Ese proceso borra lentamente todos los malentendidos e inexactitudes anteriores. Los seres humanos podemos convivir con lo impensable con una rapidez sorprendente. En las circunstancias adecuadas, la primera persona del plural puede ensancharse sin temor y sin fin. Aunque imagino que, en otro tipo de circunstancias adecuadas, puede estrecharse y estrecharse hasta que en ese nosotros solo quepan dos personas. Nosotros.

«Él no era así. No te creas que hace unos años era así. Mis hijos no se dan cuenta porque viven fuera. A lo mejor sí se dan cuenta, pero lo olvidan pronto y se repiten que su padre siempre fue así. Pero yo lo he ido notando porque fue un cambio muy rápido, estas cosas pasan rápido. Llegó un momento en que se cansó de la enseñanza y del vicedecanato y quiso volver a su plaza original en el hospital. Decía que estaba cansado de las fatigas y mezquindades de la universidad, que en su departamento no podía hacer nada y que necesitaba un cambio de aires. Y, no sé muy bien por qué, se le ocurrió que volver a la planta de medicina interna de donde había salido hacía treinta años podía suponer algún tipo de estímulo o mejora. Ver pacientes, a él que nunca le había gustado ver pacientes. ¿Creyó que así llevaba a cabo un mejor servicio a la sociedad? Quizá. Quizá lo consideró una manera de expiar alguna culpa, piensa que era el inicio de la crisis, cuando tantos estudiantes tuvieron que abandonar sus estudios. De un curso al siguiente desaparecieron muchos de sus mejores alumnos y alumnas, de vuelta a casa de sus padres. Yo creo que él se sintió como un poco responsable o partícipe de lo ocurrido. Pero ¿de qué podría ser él culpable? ¿De pertenecer a una generación? Entonces yo también soy culpable, todos somos culpables. Las condiciones en el hospital eran peores con los recortes, claro. Listas de espera colapsadas, más de cuarenta pacientes diarios, trabajar los sábados, urgencias jodidas de gente que llega como llega de casas que están como están. Pero él estaba ilusionado, iba a reencontrarse con sus compañeros, sus amigos de la facultad, que se habían sacado la plaza a la vez que él. Esa ilusión le duró poco. No es lo mismo quedar con un amigo de toda la vida para ver el fútbol o celebrar un cumpleaños que trabajar codo con codo con esa persona. "Están muy viejos", me decía. Yo, la verdad, no sabía qué responderle. Has ido a buscar las energías de la juventud a un lugar por donde el tiempo no ha pasado, pero donde a su vez ha pasado de golpe. Una mala combinación. Veinteañeros decrépitos. Los respetables doctores Martínez, con su autoridad y modales de terrateniente: Carlos creía que esos comportamientos despectivos, obcecados y altivos de sus maestros habían desaparecido tras la dictadura y le horrorizó observar a sus compañeros convertidos en dioses de bata y bigote, mediocres y déspotas, además de malos profesionales, después de haberse negado a reciclarse o formarse tras el anhelado título. Por no hablar del juego de seducciones y desprecios que se llevaban con las auxiliares. "He ido a buscar el futuro al pasado. ¿Cómo he podido secuestrarme de esta manera? Esto sí es un rapto en el serrallo", me decía, queriendo bromear de algún modo, sentado en calzoncillos en el borde de la cama, recién llegado de trabajar y todavía sin comer, a las cuatro de la tarde. Rodearte de viejos envejece, porque él antes estaba rodeado de sus alumnos, de sus proyectos de investigación. Y además ese cambio de ritmo, esa renovada intensidad laboral a los cincuenta y largos te desgasta mucho físicamente, y eso aumentaba esa desmoralización que le perseguía, contagiada de la desmoralización general en la que se había sumido el país. Él intentaba esconder su cansancio porque creo que le avergonzaba. Yo seguía y sigo trabajando en el mismo centro de toxicómanos desde que se fundó, allá a mediados de los ochenta, y estaba acostumbrada a ese ritmo, ese ritmo de consultas que ahora le estaba aplastando a él. Así que se avergonzaba, se avergonzaba de, como hombre, no ser capaz de soportar la misma jornada que yo había padecido, con agotamiento y hartazgo, pero sin quebrarme, sin vencerme. Le avergonzaba ese privilegio del que había disfrutado todas estas décadas en la universidad; que la universidad era exigente, no lo dudo, pero no era esta exigencia, la exigencia del dolor y la enfermedad y la exigencia de no poder levantarte de tu silla en ocho horas ni para hacer un pis o tomarte un café. Empezó a ir a ver a su madre cada vez más, a volver a su pueblo, al mar. Empezó a proyectar planes inéditos, que él además consideraba que llevaban entre nosotros desde siempre. Eso era lo que más me preocupaba. No que quisiera vivir de repente cerca del mar, que quisiera prejubilarse y vivir en un pueblo en el que solo conocíamos a su madre –algo que por otro lado no me interesaba lo más mínimo–, sino que estuviera convencido de que era un plan que llevábamos décadas hablando conjuntamente. Porque no es que él hubiera alimentado ese plan en secreto, es que sencillamente ese plan no existía cuando estaba satisfecho, feliz y estimulado en la universidad. Yo creo que hasta su madre se preocupó, por mucho que le halagaran las visitas de su primogénito. Me doy cuenta ahora, ahora que es todo un poco irremediable. Porque había dos opciones en ese momento: o se rendía del todo –y se pedía una baja por depresión hasta la prejubilación– o cedía. ¿Y qué era ceder? Acostumbrarse a su nueva vida. Acostumbrarse al hospital, acostumbrarse a los doctores Martínez, tolerarlos, justificarlos, comprenderlos. Eso te convierte en otra persona. Luego la abuela enfermó y la trajimos a casa y supongo que eso también hospitalizó del todo nuestras vidas. Así que escúchame, con Carlos –mi marido– no lo he hablado, y con Carlos –*tu Carlos*– tampoco, pero lo he organizado todo para que cuando seamos ancianos vivamos en una residencia. No quiero que seamos una carga. No quiero envejeceros. Escúchame, no cambiéis nunca vuestros planes. Ya no conozco a la persona con quien me casé. He tenido que esforzarme en volver a quererle, ¿me entiendes? Mantened vuestros proyectos. No os traicionéis nunca.»

La familia política encuentra a veces en nosotros, los ajenos, a un confidente, o quizá tan solo a un testigo (no llegamos, me parece, a la altura de un confesor). Nos cuentan interioridades que nunca contarían a sus hijos. Tenemos, por así decirlo, la distancia adecuada y aparecemos en sus vidas con la madurez justa. No sé, lo estoy pensando ahora, pero debemos ser unas presencias atractivas, deseadas. Un extraño de confianza es alguien idóneo para ajustar cuentas contigo y con tu familia y con la imagen que de ti tiene tu familia. Lo inesperado y sobrecogedor para mí fue que tardaran tan poco tiempo en desvelarse, en abrirse. Debí de tener esta conversación con la madre de Carlos la tercera o cuarta vez que estaba con ella, quizá la primera vez que nos quedamos a solas, sabiendo ambas que no íbamos a ser interrumpidas, y tuve la sensación, joven de mí, de que era *la primera vez que un adulto me hablaba*. Me pregunto ahora, en esta noche de despedidas, si era la primera vez que ella le contaba aquello a alguien. Es decir, si era yo, a su vez, el primer adulto con el que podía hablar.

Quizá mi error fue no romper nada. Quizá deberíamos haber roto algo para saber mejor de qué estábamos hechos.

Aparcamos el coche y caminamos al piso de la abuela, que, en aquel primer viaje, vivía todavía en el pueblecito costero. «Pueblecito costero» que, para mi sorpresa, contaba con cuarenta mil habitantes. El Mediterráneo me mostraba así su faceta más productiva y el recóndito pueblo pesquero que yo había imaginado era en realidad una pantalla incesante de apartamentos a lo largo de un extenso paseo marítimo, rodeado de los barrios donde se alojaban los trabajadores de la hostelería y los invernaderos. Carlos parecía pedirme disculpas por el paisaje, pero a mí no me importaba, me entusiasmaba el bullicio de personas y comercios y el veraneo de andar por casa, que yo jamás había visto, donde el residente y el turista son práctimente indistinguibles. En mi zona, el veraneo era asunto de gente distinguida y madrileños de apellidos compuestos, sujetos perfectamente *distinguibles* de todos nosotros, si me permitís el juego de palabras. Este verano era otra cosa, todo el mundo parecía formar parte de él. Tampoco podía percibir la devastación, no era capaz de adivinar que tras esa urbanización había desaparecido una colina o que aquella bahía se había desguazado para construir un segundo puerto deportivo y dos discotecas que, por supuesto, ya habían cerrado por quiebra. Por otro lado, ¿cuáles son los atributos que necesita la tierra para ser reconocida? ¿Cómo rememorar un paisaje anterior a la construcción de edificios? ¿Acaso Carlos o algún miembro de su familia podía realmente recordar cómo era la nada anterior a ese todo, podían convocar en su cabeza algo tan indeterminado como una montaña? Es muy difícil recuperar espacios desaparecidos con la mente, no deja de ser un intento esforzado de desplazamiento, quitar esa colección de adosados para sustituirla por algo que ya no está. Una operación condenada al fracaso, pues hay que actualizarla cada día y luchar con la persistente y terca presencia de la materia. Y supongo que sobrevivimos precisamente porque tarde o temprano renunciamos a mirarlo todo con los ojos del pasado; sin embargo, esa familia –en especial el padre y el hermano mayor de Carlos– insistía a menudo en todo lo que había sido destruido, como si les hubieran arrebatado algo. No dudo que les hubieran arrebatado algo, pero nunca supe exactamente el qué. Detrás del escaparate de torres de apartamentos, las casas eran más modestas y daban cuenta del pasado minero y pescador de la localidad. Y justo entre esa modestia el despliegue de generosidad y alegría era más vivo y entrañable. No había comercio donde no me regalaran alguna fruslería ni bar donde no nos invitaran a algo. «Te regalan más cosas, pero también te roban más», me decía un primo adolescente de Carlos, que nos había acompañado a la playa. En el pisito de la abuela me encontré con esa misma combinación de regocijo, cercanía y una sencillez espléndida y desprendida: una mesa repleta de platos y cuencos con patatas fritas, berberechos, mejillones, aceitunas, queso, jamón serrano, morcilla de cebolla, morcilla picante (¡dos tipos de morcilla!), frutos secos, empanadillas y unos productos típicos –unas tortas de harina y pimentón con una sardina seca en el centro– que eran un prodigio de humildad y carácter, y resumían, desde mi entusiasmado punto de vista, todo lo que había visto hasta entonces: el sol, el desierto y el mar. A su lado, en lugar de ensalada, unos pepinos cortados con unos granos de sal, sin aceite. «¿Cómo que no hay ensalada?, ¿la queréis ya? La iba a sacar con la comida, esto es el aperitivo.» Así que después de todo aquello comimos ensalada, paella, fruta y helados. Esa misma noche nos fuimos a cenar por ahí para que la experiencia familiar no fuera tan intensa (en el piso se encontraban también el primo ya mencionado y la tía de Carlos) y al volver nos encontramos a la abuela esperándonos con una segunda cena. «Nene, a saber qué habréis comido por ahí.»

Para algunas personas recordar es sumar imágenes, pero yo creo que recordar es actualizar emociones. No fui tantas veces a ese pueblo como para que se convirtiera en un paisaje interiorizado, no lo frecuenté quizá lo suficiente como para que cada viaje no fuese sino una renovación del anterior, una renovación de sensaciones todavía novedosas. Cada vez era un poco como la primera vez; debimos pasar por allí nada más que tres o cuatro veces antes de que la abuela enfermara, se mudara con los padres a la capital y el piso finalmente se vendiera. No sé si al enfermar nos transformamos en personas distintas de las que solíamos ser, pero sí estoy convencida de que nos esforzamos en recordar a nuestros seres queridos fuera de la enfermedad, por mucho que las últimas imágenes que tenemos de ellos estén habitualmente acompañadas de deterioro. Cuando recuerdo a la abuela de Carlos es siempre la misma persona la que aparece a mi lado. Recuerdo que nunca había conocido a una anciana tan alegre y jovial, con un humor tan pícaro y una capacidad tal de tomarse todo a broma, hasta las misas a las que por otro lado asistía puntualmente. Por eso me sorprendían tanto sus arrebatos de beligerancia, como si no formaran parte de ella, o como si formaran parte de una versión de ella desconocida y remota. A la hora de la siesta, todos se acostaron y yo me quedé con el primo jugando a la consola. Estábamos pegando unos tiros en el *Medal of Honor International Brigades* cuando la abuela se despertó y nos trajo unos granizados de café. Noté que el primo se tensaba e intentaba pausar el juego, pero justo estaba a punto de caernos encima un depósito de agua, la camioneta de la Cruz Roja con los escolares esperaba al fondo de la plaza. La abuela se puso las gafas y miró la pantalla. «Ya estáis pegando tiros, ¿eh? ¿Y esos quiénes son?» «Son nazis, abuela, estamos rescatando a unos niños.» Cuando la señora se dio cuenta de que éramos brigadistas disparando a soldados del ejército de Franco y del Tercer Reich, mientras finalizábamos una ficticia evacuación de Guernica, se puso roja de rabia pero no dijo nada y salió del saloncito en el que jugábamos. «Estamos salvando a los niños, abuela», anotó mi comandante mientras su abuela cerraba la puerta. Escuché voces en el pasillo, discutía con Carlos, que no se caracterizaba por eludir temas espinosos. Escuché «asesinos» y «comunistas», Carlos respondió «peor que

Mussolini». Ella acometió con un inesperado «Negrín». Entró entonces de golpe en la habitación y nosotros pausamos, esta vez sí, el juego y me dijo: «Vosotros os creéis muy listos. Os creéis que lo sabéis todo. Sí, os creéis que lo sabéis todo. Y no sabéis nada. Nada». Se volvió a marchar y Carlos siguió charlando con ella en la cocina y pronto volvieron las risas. El primo se encogió de hombros y me dijo que no me preocupase. Con su cabello rubio y sus ojos grises, exótico para esa familia absolutamente meridional, parecía verdaderamente un brigadista británico.

Con el paso de los años, las palabras de la abuela han ido adquiriendo nuevos sentidos, todos ellos bastante tétricos. Me corre un escalofrío por la espalda al recordarlo, como si en el fondo, muy en el fondo, esa señora que tenía seis años en la Guerra Civil supiera algo que nosotros ni siquiera sospechábamos. Es tarde y tengo encendidas la mitad de las luces de este piso deshabitado. Las voy apagando, una a una, mientras me pongo un chal de lana, que decido meter más tarde en la maleta para que me acompañe. Carlos sigue dormido en lo que queda de nuestro dormitorio, su respiración es pesada. Cuando duerme siempre parece preocupado, por el contrario, cuando está despierto siempre, o casi siempre, está de buen humor. Me siento en el suelo, cerca del ventanal. Ahora que solo mantengo encendido un flexo, percibo que estos nuevos resplandores urbanos, inmóviles y blancos, se asemejan bastante a la luz de la luna llena. Parece que a partir de ahora todas las noches habrá luna llena en esta ciudad.

«Ella antes no era así», me dijo Carlos cuando entramos en el coche para continuar el viaje. Daba la sensación de que en esa familia todos habían cambiado o nadie se ajustaba al recuerdo de los demás. Continuamos nuestro camino hacia el sur y hacia el desierto, a una reserva natural donde haríamos camping unos días. Desnudos y perezosos, a la vuelta de ese paraje lunar, nuestra piel reaccionaría con desconfianza al contacto de la ropa y el calzado, olvidada de fríos y ciudades. Éramos, por unos días, felizmente incivilizados. A la austeridad del paisaje se le oponía la proliferación acuática. Pasábamos el día nadando y buceando entre bancos de peces plateados, descargas eléctricas de vida submarina, corrientes de azul sobre una arena en movimiento perpetuo que escondía lenguados, cangrejos y pequeños calamares. Nada estaba quieto. Los reflejos del sol se confundían con la presencia de centenares de agujas brillantes y el suelo se agitaba con el vaivén de los prados de posidonia. Desacostumbrada y confundida por tantas reverberaciones, me afianzaba en una roca sumergida, deseosa de alguna promesa de estabilidad, respiraba un poco de aire y antcs de darme cuenta ya tenía los pies rodeados de motas de azul y limón, láminas doradas, muñequitos bonachones de aletas naranjas y verdes, que saludaban y besuqueaban con una mezcla de temor y respeto. Entendía finalmente que no me esperaba ninguna quietud que no fuera el fondo de oscuridad oceánica del mar abierto, horizonte neutro, y decidía abandonarme y dejarme llevar. Volvía a la tierra rendida y a la vez descansada. Cada vez íbamos más lejos, cada vez llegábamos a calas más lejanas. Avanzábamos por caminos de cabras con el coche viejo del padre de Carlos, un Volkswagen grandullón y cuadrado, y yo revisaba las cintas de casete, la banda sonora de su infancia. Ponía algo y lo quitaba pronto porque me deprimía, esa familia se complacía en escuchar cantautores sombríos, melodías tristes, melancolías contemplativas. Eso era la clase acomodada, eso era lo que escuchaba la burguesía española con pretensiones progresistas. Yo pertenecía a otra clase social y me daba cuenta con ese tipo de detalles de que en mi familia no podíamos permitirnos el lujo de regalarnos tristeza. La tristeza, aunque sea sonora, nunca es inofensiva. Miraba a menudo el mapa en el móvil, el paraje me parecía reducido a su mínima expresión: rocas y cielo, amarillo pardo y azul. El sol lo aplastaba todo y tan solo por la tarde las colinas mostraban sus rojos, malvas y violetas. Cada cala, cada pedazo de roca, cada mínima inflexión del paisaje tenía su correspondiente nombre, a veces muy precario, acuñado por las necesidades cotidianas de la pesca y el pastoreo de los siglos pasados: Punta Chica, Punta Negra, Punta Redonda, Punta Molina, Cala Amarilla, Cala Blanca, Cala de las Mujeres, Cala de los Lucas, Cerro Gordo, El Cerrillo, Cerro Seco, Cerro Berruezo. Aquel día llevábamos más de una hora internados en el pedregal, sin encontrarnos con nadie, y el mapa del móvil dejó de designar picos, sendas y colinas: nos encontrábamos en un paraje tan remoto, inaccesible y polvoriento que debía ser forzosamente anónimo. Cuando se lo comenté a Carlos –él siempre conducía, a mí me daba una mezcla de pereza e inseguridad– me respondió que eso le tranquilizaba, significaba que estábamos muy lejos de todo. Y yo intenté sentir esa ligereza que produce estar en los espacios que no han sido nombrados.

A él le asustaba tener hijos, pues lo asociaba con la pérdida definitiva de la infancia. Y sin embargo, tarde o temprano, perdería la infancia, con o sin hijos. Con el paso del tiempo, tal y como yo imaginaba, se dio cuenta de que los recuerdos infantiles, los veranos eternos y despreocupados, habían dejado de ser un refugio para convertirse en un estorbo. El mundo del pasado envejecía a nuestro alrededor y el apego a unos paisajes que se estaban desmoronando solo podía acabar con el desmoronamiento propio: la infancia se había convertido en una fuente inexorable de vulnerabilidad. Recordó entonces que tener hijos es la manera más rápida de matar la propia infancia. Y esa empresa, la única que podía liberarle del omnipresente pasado, se convirtió en un asunto apremiante. Pero yo no tenía ningún interés, aunque siempre me había imaginado como una madre joven. Quizá es porque en ese momento, cuando me lo propuso, yo acababa de cumplir treinta años. He llegado a la conclusión de que solo se pueden tener hijos o muy pronto o muy tarde; en el entretiempo, la vida es demasiado única, divertida e inabarcable. ¿Cómo acotar, cómo reducir algo que llevas toda la vida esperando que se abra?

Y, por otro lado, ¿acaso no era él para mí como un niño? ¿No debía ser cuidadosa para no lastimarlo? Recuerdo que, al empezar a salir con él, en el último curso universitario, me sorprendió su fragilidad. Y no porque yo no estuviera acostumbrada a la fragilidad masculina –mi padre era un saco de dulzura, angustia y bondad–, sino porque me resultó inesperada. De repente él era el sensible, el nervioso, el de las preocupaciones, pero también el de las ilusiones, el gentil, el tierno, el afectuoso. ¿Acaso no era yo también todo aquello? ¿Acaso no éramos muy parecidos, los dos tan emotivos, los dos tan empáticos que nos atragantábamos con las penas de los demás? Él disfrutaba del prestigio de esos atributos, porque en él eran motivo de distinción y orgullo, y en mi caso, como mujer, constituían una faceta que la sociedad daba por sentado, por lo que no eran ni siquiera perceptibles. Como pareja nos habíamos convertido en la familia nuclear de nuestros amigos, ese matrimonio que te acoge, te conforta y te alimenta, unos padres adoptivos para todas esas personas que no podían reponerse de sus preocupaciones en el seno de su propia familia. Al fin y al cabo, en Madrid nadie es de Madrid y las familias están lejos, lo que te obliga a formar –y escoger– tu nueva familia. También fuimos la única pareja de nuestro entorno que no se rompió en aquellos años de hundimiento económico –las turbulencias provocadas por el éxodo masivo de nuestra generación se pagaron también en relaciones sentimentales–. Si nos parecíamos tanto, si yo también me descubrí como alguien frágil y vulnerable, ¿sería yo entonces una niña para él? ¿Podría ser de otro modo? ¿Podría haber sido de otro modo? Él era una esponja y yo era una esponja, y los dos nos contagiábamos automáticamente de la felicidad y de la tristeza del otro. El día que nos mudamos de la buhardilla a un apartamento más grande, él estaba entusiasmado y alegre y yo algo compungida por dejar nuestro primer hogar; él, al verme tan apenada, vio todo lo que dejábamos atrás con mis ojos y se quedó a su vez apocado y afligido. Y yo me recuperé de mi tristeza al verle a él tan súbitamente abatido y comprobar, así, que el asunto no era para tanto. No es que se apropiara de mi tristeza para encarnarla en él, era un mecanismo recíproco. No quiero decir que se apoderara de todo. También yo podía preocuparme por sus preocupaciones y él, a su vez, preocuparse por entender que me había preocupado por algo de él, y entrar así ambos en un ciclo prolongado de un malestar que, en cierta medida, nos avergonzaba. Nos avergonzaba ser tan sensibles. Solo pongo ejemplos de emociones mórbidas, ¿se contagia con más rapidez la intranquilidad que la alegría? No, definitivamente no, es esta noche tan larga y tan incierta la que me hace ver así las cosas, también hemos sido capaces de alegrarnos el uno al otro en un instante.

La pregunta que me quedaba por hacerme tras todos estos años de convivencia era: ¿es él más débil que yo? ¿Tenía que ser tan cautelosa por si lo hería sin remedio? ¿No se me suponía a mí ese poder majestuoso y definitivo de hacerle «terriblemente feliz y terriblemente desgraciado»? ¿Y quién me había otorgado esos poderes? Yo. Yo me había impuesto esa carga sin que nadie me lo pidiera. Decidí entonces desentenderme de su sufrimiento, porque era eterno y agotador y porque me parecía el único camino que no acabaría con nuestra destrucción y mi culpabilidad.

Qué se queda aquí y qué me acompaña. A eso es a lo que me he dedicado esta noche. Recobrar energías, salir de aquí esperanzados. El tiempo dirá si hay otros modos de entender esta marcha que no sean bajo el prisma de la derrota.

He leído sus relatos: la mirada de él sobre él o la mirada de él sobre mí. Se ha dado siempre también por sentado que era mi mirada la que podía reposar sobre ambos. Reunirnos a ambos. No sé si me convence haber dedicado esta última noche a recoger fragmentos de la vida en pareja, pero imagino que no tenía que hacer las paces con mi intimidad. ¿Qué otra cosa podría haber hecho esta noche, cuando lo que más me asusta es emprender un viaje tan largo y tan solitario con una persona que quizá conozca demasiado, que quizá *me sepa de memoria*? ¿Cómo podría hacer el camino inverso, cómo podría conseguir que lo familiar volviera a ser algo extraño? ¿Cómo podríamos volver a conocernos?

No estoy por tanto escogiendo los recuerdos que quiero llevarme conmigo, sino aquellos que no quiero que me acompañen. Dejo así todas estas emociones por escrito, para que ya no formen parte de mí y podamos, si no empezar, jugar a descubrirnos. Me ha quedado una colección de textos algo umbríos, cuando yo, en cierto modo, esperaba celebrar la felicidad, pero es de noche y es terrible conocer demasiado bien a una persona y hacer el viaje que nos disponemos a hacer.

Siempre he visto la nieve como un desierto blanco. En los páramos de Castilla, desde el coche o el tren, cuando iba al norte a ver mi familia. Espero poder observar ese desierto blanco al que nos encaminamos como un paisaje nevado. El chal de lana me acompaña.

IV. ESPECTRO LIBERADO

–¿Dónde estáis? No os veo. No os veo a ninguno.

Esto no lo dije en voz alta, más bien lo murmuré o lo iba murmurando como una cantinela, mientras rodeaba la casa y pasaba una vez más por delante de la barbacoa, las sillas de enea del jardín, los rosales y maceteros. El seto de cipreses y tuyas, severamente recortado, cerraba de negro el perímetro de la parcela: el atardecer de diciembre nos había sorprendido en plena sobremesa. Nadie, no había nadie. En el portón de entrada al terreno, junto a la sinuosa rampa de los coches, quise adivinar una presencia tras el Ford de Diana. ¿Somos capaces de percibir la voluntad de un cuerpo por pasar inadvertido, por desaparecer? Es a lo que llaman «sexto sentido», ¿no? La sensación de que algo está ahí, por más que no podamos verlo o escucharlo. ¿Podemos intuir de algún modo –de algún modo que no implique el aparato perceptivo habitual– ese silencio esforzado, esa respiración detenida, tensa y expectante, aunque no emita ningún sonido? Caminé lentamente, los oídos sobresaltados, apurando cualquier movimiento del aire, cualquier roce del universo físico que me ofreciera pistas –o, al menos, sugerencias– de las figuras agazapadas en el exterior. Escribo «universo físico» y quizá suene un poco exagerado, pero en estos estados de alta atención y alerta –una alerta lúdica es una alerta al fin y al cabo– nos convertimos en máquinas amplificadoras de la realidad. Obligamos así a un cerebro algo sobrepasado –y puede que ciertamente cansado– a interpretar como un paso o un jadeo lo que quizá no sea más que una hoja al viento, una gota en la repisa o el crujido de una pared que tolera mal los cambios bruscos de temperatura. El frío se había hecho presente, desde luego, en aquel chalet de la sierra madrileña. Me agaché, convencido –convencidísimo– de que detrás de ese coche rojo y algo descascarillado se encontraba alguno de mis amigos, pero nada, nadie. Y justo al descubrir que no había nadie me volví a sentir interpelado por una decena de miradas invisibles, una multitud de sombras a mi alrededor. ¿No os pasa también a vosotros? ¿No os pasa al jugar al escondite que espoleáis tanto los sentidos que apretáis la realidad hasta que os proporcione alguna indicación, algún indicio de presencia en ese vacío silencioso en el que hormiguean y cuchichean vuestros antiguos conocidos, convertidos súbitamente en incómodas y movedizas presas? ¿Con qué parte del cuerpo experimentamos las miradas ocultas? Yo notaba un cosquilleo en la nuca y los hombros. Aunque no se trate más que de una sugestión profunda y elemental, la exhalación de un cerebro enfervorecido, no dudo que la imaginación nos ayuda a sobrevivir a ciertos peligros invisibles. O quizá esta imaginación intensa, que acusa miedos inexistentes y ve cosas donde no las hay, sea una emanación de instintos lejanos que ya no tienen mucho que hacer ante la extinción de los peligros palpables y voraces de la vida salvaje. Recuerdo que, de adolescente, en nuestra casa de verano, rodeada de un campo pedregoso y desértico, me obsesionaba con la potencial entrada de ladrones. Una noche eterna, incapaz de dormir, concentrando la escucha en el piso de arriba –los dormitorios estaban en la planta baja, protegidos del calor total– distinguí nítidamente un paso en la cocina, justo sobre mí. Tan solo un paso. Esperé durante minutos mientras abrazaba un bate de béisbol que escondía bajo la cama, pero no volví a escuchar nada más. Tan solo un paso. Al cabo de unos minutos entendí que mi sistema de detección e interpretación de la realidad había elaborado y recodificado una señal arbitraria –el borboteo del motor del frigorífico, por ejemplo– hasta acomodarla a lo que mi desbordada adrenalina requería.

La penumbra estaba adquiriendo un carácter pastoso, di dos pasos en dirección al chalet, imaginando que estarían todos allí dentro, esperándome. ¿Quién acechaba a quién? El escondite es una experiencia francamente molesta, siempre me lo ha parecido. Quiero pensar que todo juego es un signo de civilización y, en este caso concreto, nos reapropiamos de sanguinarias y despiadadas cacerías de antaño, dado que la actualidad nos ha convertido en depredadores sin objeto. A menos que vivamos una guerra. Podríamos por tanto considerar el escondite como el entrenamiento de una guerra que se hace esperar. Pero nadie caza o guerrea en soledad y quizá nadie debería jugar al escondite con veintiocho años. Sin embargo, los terrores, los miedos y la adrenalina siguen ahí, dentro de nosotros, y esa masa pálida, inmóvil, que se adivina entre los troncos negros del seto tiene que pertenecer sin duda a alguien. Corro hacia ella y escucho un suspiro y un forcejeo, reconozco a Aitana, me giro y salto de tres en tres los escalones de acceso a la casa, entro como un huracán por el vestíbulo y palmeo la mesa del comedor mientras berreo su nombre. Ella entra lentamente. Nos miramos. Yo estoy resoplando, rojo, bañado en sudor, me duele el costado, ella está llena de polvo y telarañas. Estornuda.

–¿Por qué estamos con esta movida con la cantidad de juegos que hemos traído?

Javier estaba dentro de un baúl, Irena debajo de un armario, Eduardo en la bañera, tapado con una alfombrilla, escondite francamente precario, Diana apareció envuelta en un edredón enrollado en el suelo (chilló cuando la pisé sin querer), Enrique estaba ovillado en lo alto de una litera. Tan solo me quedaba adentrarme en el semisótano donde se hallaba el garaje, la salita mohosa, los pasillos oscuros, el dormitorio de invitados y la caldera. La sorpresa más terrorífica de la tarde –al menos hasta ese momento– se produjo al escuchar ruidos provenientes de la mencionada salita –un espacio cerrado con libros viejos, mueble bar, juguetes fofos y trofeos paternos–, comprobar que el interruptor no funcionaba y percibir en la oscuridad cómo un sofá estornudaba. Lancé una goma de borrar al sofá (había decidido ir armado) y se quejó. Entonces aquella cosa cubierta por una lona empezó a temblar y agitarse como un flan y a mí me pareció que la materia se descomponía definitivamente, como un dibujo animado horripilante, hasta que la cabeza de Eric, asfixiada, apareció por debajo de la lona, en los pies del sofá, y me pidió ayuda. Se habían quedado atascados en el armazón. Jimena y él eran literalmente el sofá. Habían quitado los cojines, lo habían desarmado y además habían desenroscado las bombillas de la habitación para que la luz no funcionara. Por algún motivo que nunca investigamos se habían sentado boca abajo y sus piernas constituían el respaldo. Cerré la puerta y los dejé allí a oscuras mientras Sandra, instigadora de este juego de espantos, correteaba y libraba de la cárcel a mis presos entre brincos y gritos. Solo quedaba por encontrar a Paquito Pacheco, dueño de la casa, pero probablemente se hubiera largado a fumar y coger piñas para la chimenea. Era la Nochevieja de 2014 y habíamos conseguido reunirnos después de un año sin vernos.

Tras llamar a voces a Pacheco, sin respuesta alguna, Eric, Sandra y yo cogimos las llaves de su Hyundai –abandonadas junto a su móvil y su cartera– para comprar la comida y la bebida, mientras Diana y Aitana se marchaban a por leña. Nada más encender el motor empezamos a escuchar un ruido particular, un ronroneo raro. Dejamos caer el coche rampa abajo, en punto muerto. Eric, que iba detrás, me pidió que apagara el motor. Una vocecita embozada suplicaba desde detrás de los asientos traseros.

–Socorro…

Abrimos el maletero y dentro estaba Pacheco boqueando, arrugado y pálido.

–No me preguntéis por qué he hecho esto.

Se marchó cojeando a su casa, vencedor y víctima de su propio escondite. No querría hacer demasiado énfasis en lo mucho que pudimos reírnos, porque la descripción de la carcajada ajena es un esfuerzo engorroso, poco fértil y de efecto por lo general contraproducente. Dejémoslo en que los tres nos reímos hasta llorar y caernos al suelo, abrazados.

Intentábamos acoger todos los criterios y sensibilidades, pero no siempre es tarea fácil en una cena con el carácter conmemorativo y suntuoso de la Nochevieja, así que el carrito integraba, en un equilibrio inestable, el marisco y la bollería, el cava y las bolsas de patatas fritas.

—¿Para qué comprar verduras y huesos para hacer caldo si podemos comprar el caldo ya cocinado? Mira, este brik está bien.

—Este es más barato.

Sandra y Eric no se caracterizaban por la conmemoración ni por la suntuosidad y me inquietaba haber embarcado en el comité de adquisiciones gastronómicas a los miembros más pedestres y austeros del grupo, ejercitados —si sirve de disculpa— en todo tipo de supervivencias.

—Venga, un poquito de lujo, Carlos, que no se diga que no es Navidad. —Eric blandía medio salchichón, cuya etiqueta rezaba «50 % ibérico».

Tampoco es que Supermercados Sotolix, cadena de confianza de la Cuenca Alta del Manzanares, lo pusiera fácil, especializados en cecinas, criollos y corderos, además de una nutrida gama de parrillas y utensilios para pinchar, ahumar y macerar.

—¿Para qué *invertir* en langostinos si por ese precio podemos hacernos con más hamburguesas? Estas tienen buena pinta.

—Si al final las gambas nadie se las come. Les decimos que no quedaban y ya está.

Calculaba previsibles enfados del sector Atlántico (Jimena, Aitana) y Mediterráneo (Javier, Diana, Eduardo, yo mismo) si el elemento marino no formaba parte del menú, así que agité la lista de la compra una vez más, decidido a no dejarme avasallar ni por el camarero afincado en Berlín ni por la química radicada en Frankfurt.

—Podemos hacer espaguetis con atún y tomate frito para cenar, hacemos cinco kilos y lo que sobre para el día siguiente —me defendí, y ellos consideraron que les estaba insultando, cosa que desde luego estaba haciendo.

Compramos barras de pan blanco y pan integral, hogazas industriales, pan de hamburguesa, tomate envasado para untar, tomates íntegros (con rama, piel y pepitas), jamón serrano y jamón York, croissants, café, café descafeinado, leche, leche de avena, leche sin lactosa, dónuts de chocolate de marca blanca, unos cuantos fuets, el salchichón *premium* de Eric, chorizos criollos, cuatro docenas de huevos, sobres de beicon, hamburguesas de ternera, salchichas frescas, lomo de cerdo, patatas fritas, nachos, dos tarros de hummus, boquerones en vinagre, banderillas, aceitunas rellenas de anchoa, patatas para cocer, seis latas de atún, dos botes de mahonesa, pepinillos en vinagre, alcaparras, tres latas de alcachofas, escarola, endivias, almendras, dátiles, queso fresco, queso azul, queso Camembert, un bote de pimiento morrón, dos pimientos italianos, ajos y cebollas, ramitas de apio, zanahorias, un nabo y un puerro, una caja de langostinos cocidos, treinta litros de cerveza, dos botellas de ginebra, una botella de ron, tónica y refrescos variados, las obligatorias uvas, una cajita de bombones y la botellita de Codorníu. Conseguí abortar la compra de los paquetes de roscas de jamón y queso (esto está rico y así mañana no hace falta cocinar nada) y los calamares a la romana congelados (seguro que están buenos, me hace ilusión, en Alemania no hay). Considerando que no había nada especialmente lujoso, memorable o sexy, más allá de unos langostinos congelados en aguas remotas, decidimos comprar un paté de cabracho envasado. Las botellas de vino, los huesos para el caldo y el plato especial (un pulpo disimuladamente transportado por Javier en un coche compartido) nos esperaban ya en casa.

—¡Nada diferencia esta compra a un fin de semana campestre habitual! ¡Es una compra de fumetas! ¡No hay nada especial! —exclamé, consternado.

—¿Cómo que no? ¡Hay endivias!

—¡Y dátiles!

Sandra bailó algo denominado «danza del cabracho» y salimos a un aparcamiento prácticamente vacío y una noche gélida y quieta que ofrecía a los contornos un aire inmaculado. Las estrellas brillaban, dentro de sus limitaciones, y las farolas del perímetro del embalse se entrelazaban y confundían con las urbanizaciones distantes y la inmensa prisión para ladrones del erario público. Eric, novato en el territorio serrano, se empeñaba en que todas aquellas luces eran pistas de aterrizaje y, allá donde fijaba su mirada, quería ver los resplandores del aeropuerto internacional donde habían sido depositados la mayor parte de ellos, procedentes de sus existencias extranjeras. En el camino de vuelta saludamos comercios e instalaciones cerrados por las fiestas: grandes ferreterías, mesones taurinos, viveros acristalados, el polideportivo, el frontón y la bolera. Circulábamos por la carretera, vacía en esa última tarde del año, y cada glorieta diseminaba los caminos en residenciales de sólidos caserones de piedra gris rodeados de lúgubres verjas negras, grandes mansiones de una veintena de estancias, rígidas, solemnes, austeras e implacables. En cada una de las glorietas se erguía un monumento a un guardia civil o militar asesinado por ETA, un monolito del omnipresente granito gris, con un agujero perforado en lo alto. Contamos nueve glorietas —nueve monumentos— hasta llegar a nuestro sector.

—¿Es una alegoría del tiro en la nuca?

—No se me ocurre otra explicación.

Los tejados de pizarra negra favorecían la imagen impenetrable de esos domicilios y el incansable granito se extendía, constante, hasta donde alcanzaba la vista o el recuerdo de los libros de historia, desde la Morcuera hasta El Escorial, pasando por Cuelgamuros. La colonia en la que Pacheco y sus padres habían veraneado toda su vida mostraba dimensiones más amistosas: parcelas manejables, vegetaciones cercanas y materiales discretos y populares; sin embargo, ni en esa casita de dos plantas de ladrillo, gotelé y teja era posible escapar del todo de la estricta doctrina visual que descendía en forma de águilas y crucifijos, balaustradas rocosas, puntiagudos pinares y crestas cortantes de picos lejanos y tormentosos, quebrados por desfiladeros oscuros. El paisaje, fuese humano o mineral, se organizaba con una férrea coherencia.

–Esto parece uno de mis guiones –comentó Javier, al comprobar que la televisión no tenía señal en ninguno de sus canales.

Pacheco, ya repuesto, estaba manipulando el cable de antena. Como aquello no parecía funcionar, apagó y encendió el aparato de TDT.[4] Aitana, Javier y yo estábamos recogiendo el salón para acoger la gran cena. La mesa principal estaba repleta de carreteras, murallas y soldaditos de plástico, dados de colores y unos hexágonos que conformaban el mapa de la civilización de Catán. Javier trabajaba para un realizador publicitario que, alarmado por la crisis de los treinta, estaba intentando poner en marcha proyectos de largometraje. Volver así al cine y sus mágicas ficciones, el hogar de los sueños infantiles y las vocaciones

---

4. Televisión Digital Terrestre. Codificación binaria de imágenes y sonidos emitidos por señal electromagnética terrestre. Incorporada en 2010 en el territorio español, requería de un descodificador específico.

adolescentes, volver a la *forma original*, a todo aquello que le había estimulado para dedicarse profesionalmente a los protocolos y mecanismos de la imagen aplicada. Javier, que había coincidido con él en la escuela estatal de cinematografía, había sido reclutado como guionista, en deferencia a ilusiones y complicidades juveniles, y era el encargado de materializar la imaginación de su antiguo compañero de proyectos, que chapoteaba en cientos de miles de euros ganados en anuncios de cerveza y automoción. El realizador, una persona desenfadada, de acelerada vida sentimental, residente en un ático poblado por rock psicodélico, gorras de béisbol, máquinas de arcade y miniaturas de guerras galácticas, le ofrecía un perfecto regreso a las aventuras de antaño: misterios esotéricos en una isla desierta, suspense psíquico en una estación espacial (¿son alienígenas, son fantasmas o me estoy volviendo loco?), asedios inquietantes a una familia aislada, persecuciones montaraces donde se conjugaba la alta tecnología y los rigores físicos de la supervivencia animal. Naufragios diversos, en definitiva, ambientados en futuros próximos y con un marco común: el fin del mundo. En todas las ficciones, dibujadas en el denso aire de tabaco de su despacho, se apuntaba siempre la potencial promesa del fracaso civilizatorio, la amenaza última. La posibilidad de la catástrofe colectiva era el punto de partida de una situación anómala e inquietante y correspondía a sus protagonistas desvelar si este colapso era real o fingido: si realmente todo se acababa y había que apostar por la huida, la resistencia o el sacrificio, o si por el contrario este apocalipsis se trataba del espejismo de una sociedad digital paranoide, obedecía a los intereses de oscuras corporaciones para controlar a la población global o formaba parte del plan de un padre desquiciado para encerrar y someter a su esposa e hijos.

90

«Quiero que escribamos un capítulo de *Lost*[5] de cien minutos», dijo aquel realizador, y Javier estrechó su mano sobre la mesa de billar que ocupaba el centro del ático y reinaba sobre muñequitos y figuritas de leyenda: el colofón a un paraíso heterosexual que más pronto que tarde se desmoronaría en alcoholismo y divorcios prematuros. Javier mascaba chicle y charlaba sobre sus actividades narrativas mientras colocaba los soldaditos de plástico en sus ranuras.

–Uno de los principales problemas que tenemos en las historias que estamos escribiendo es que toda intriga se basa en la ausencia de información. La intriga, por definición, se basa en el ocultamiento. Todo suspense se construye sobre la duda, sobre la idea de que los personajes no saben exactamente qué está pasando. Saben algo, pero no pueden contemplar la totalidad de lo que sucede. No saben a ciencia cierta si esos extraños resplandores nocturnos, que la pareja en crisis observa desde la apartada casa rural adonde se han marchado a renovar su amor, son llamativos aunque inofensivos fenómenos atmosféricos o… bombardeos de una guerra bacteriológica, como les asegura ese guarda forestal tan rarito que ha llamado a su puerta. Toda la ambigüedad de una situación se desbarata en el momento en que podemos telefonear a alguien o consultar las noticias desde cualquier punto. Así que en el inicio de cada guión siempre nos encontramos

5. *Lost*, conocida también en territorios hispanos como *Perdidos* o *Desaparecidos*, fue una serie de seis temporadas creada por Damon Lindelof y J. J. Abrams para la cadena ABC y emitida originalmente entre 2004 y 2010. La obra, que narra las desventuras de los pasajeros de un vuelo estrellado en una isla en apariencia desierta pero repleta de enigmas, constituyó un fenómeno global.

con un momento complicado, que pasa por incomunicar a los protagonistas, una operación dramática que el espectador suele percibir como algo artificioso. Un cliché forzado. Si os fijáis, en las películas recientes de terror, el grupo de personajes siempre pierde la comunicación al principio, siempre hay una secuencia, cada vez más ortopédica, en la que en mitad del bosque alguien dice «qué raro, no tenemos cobertura». La conectividad permanente, duradera, estable las veinticuatro horas del día, incapacita cualquier suspense. Lo hemos intentado, hemos intentado escribir thrillers apocalípticos ambientados en la actualidad y donde el flujo de comunicación no se pierda, pero es difícil, es realmente difícil, como si el propio subgénero no lo admitiese.

–¿Y si hacéis época? ¿Y si aparecen unos extraños visitantes en la Guerra Civil o en las guerras napoleónicas?

–No podemos convocar las mismas ansiedades en una guerra carlista que cuando las planteas en un mundo similar al nuestro, de camino a su destrucción. Me refiero a si quieres hacer género apocalíptico, a si quieres hacer algo comercial. Me encantaría ver una película de alienígenas en la conquista de América, pero Marcos quiere algo narrativo, ortodoxo, vibrante, no quiere que dejes ninguna palomita en el cubo. Así que los miedos deben ser contemporáneos. Y el miedo a su vez se alimenta del desconocimiento, de la incomunicación. Para poder aislar a los personajes, de forma conveniente pero no demasiado explícita, nos tenemos que distanciar cada vez un poquito más: o llevar a los personajes a sitios verdaderamente alejados o proyectarlos a una ciencia ficción desolada, un astronauta abandonado en un satélite o una base lunar. Adaptamos el western a territorios extraterrestres, pero no demasiado, no podemos perder esa conexión con la angustia social de la actualidad, tenemos que reconocer el sistema de deseos y sospechas que rodea a los personajes. Es importante que el presente se proyecte muy levemente sobre el futuro. Como dice Marcos, «no podemos ir más lejos del 2030, nadie nos creería».

–Que alguien siga con esto, tengo que echarle un ojo al fuego. –Pacheco cambiaba canales con el mando a distancia, pero el televisor permanecía a oscuras.

–Nos hemos quedado sin conexión. Es oficial, nos encontramos en una de mis películas. Primero bromearemos sobre ello, luego vendrá alguien, una anciana o un militar, a avisarnos de que no podemos movernos de aquí.

En el televisor parpadeaba un rótulo en el que se leía «No signal». Iba y venía con irregularidad, sin una pauta clara. En la cocina el grupo preparaba aperitivos, alguien preguntó qué había que hacer exactamente con el pulpo. Aitana tomó el relevo del mando a distancia y revisó distintos submenús; comenzó a hablar mientras daba caladas a su cigarrillo.

–El año pasado viví una cosa rara viendo la tele en casa de mis padres. Ellos ya se habían acostado y yo me encontraba sola, tirada en el sofá, mirando alguna chorrada. Tú no habías venido ese fin de semana. No recuerdo si estaba viendo *Equipo de investigación*[6] o alguna película vista ya mil veces. Debían de ser las dos de la madrugada. Cortaron para publicidad, vi los dos primeros anuncios y cambié de canal. En ese nuevo canal cortaron también

6. *Equipo de investigación* fue un programa español de reportajes de actualidad, presentado por Glòria Serra, emitido en la franja nocturna de Antena 3 y La Sexta desde 2011 hasta 2028, aunque con habituales reposiciones en los canales Nitro y Mega del mismo grupo mediático.

para publicidad. Empezaron los anuncios y resultó que eran los mismos anuncios que en el canal anterior, en el mismo orden. Ya sabéis, a esas horas la publicidad es barata, así que tocaba apuestas deportivas, algún aftershave y teletienda: un ambientador, luego un pelapatatas y, en tercer lugar, algún chisme para hacer gimnasia sin moverte. Cambié dos veces más de canal y nuevamente esos mismos anuncios, en el mismo orden. Pensé, bueno, estos son los canales del múltiplex de Antena 3 y todas las cadenas se ponen de acuerdo para cortar a la vez. Marqué cinco canales más y en todos había cortes publicitarios pero, y esto no es tan habitual, en todos estaban exactamente los mismos anuncios. En el mismo orden: apuestas, aftershave, teletienda. Seguí cambiando de canales y en todos estaban los mismos anuncios. Lo raro, lo verdaderamente raro sucedió cuando volví al primer canal, el que estaba viendo al principio, y acabó la tanda comercial, que habría durado, no sé, unos siete minutos. Entonces, en vez de continuar la programación, arrancó otra vez el mismo bloque de anuncios. Allí estaban de nuevo las apuestas deportivas. Esperé en silencio, solo se oía el reloj de la cocina. Tras el anuncio de las apuestas continuó el mismo anuncio de aftershave. Ahí me quedé paralizada. Ahí sentí que algo malo había pasado o estaba a punto de pasar. Miré a mi alrededor, como si necesitara asegurarme de que no había nadie más en el salón. Ya no quise cambiar de canal, me quedé congelada, aturdida, no podía dejar de mirar el monitor para comprobar si se mantenía el ciclo cerrado de anuncios. Allí estaba, por enésima vez: después del aftershave aparecía otra vez el ambientador, el pelapatatas y el cacharro para hacer gimnasia. Pensé que, si algo malo de verdad había sucedido, las televisiones emitirían constantemente un mismo bloque de publicidad. Quizá en tus guio-

94

nes el fin del mundo no se esconda tras un corte en la comunicación, sino que su aviso sea justo lo opuesto: que la comunicación, cíclica, repetitiva, no se interrumpa nunca. Javier miraba a Aitana mientras ella seguía toqueteando el mando del televisor y aplastaba la colilla en un cenicero. Yo escuchaba esa historia por primera vez. –Después se reanudó la emisión y todo volvió a la normalidad, alguien en algún lugar se habría equivocado, habría programado algo mal y lanzado el mismo bloque de anuncios dos veces. Pero fue inquietante, una sensación cerebral extrañísima, porque todo estaba sincronizado, todos los canales de la televisión emitían exactamente lo mismo a la vez. Ya está, ya tenemos señal, había que resintonizar los canales de la TDT, los han movido de frecuencia. El Gobierno está subastando otra vez el espectro radioeléctrico. Ya sabéis, el dividendo digital para los operadores de telefonía. –Aitana dejó el mando sobre la pila de cajas de juegos de mesa y se abrió un botellín de cerveza. Aquel año había vuelto a la universidad y trabajaba en un grupo de investigación que analizaba el marco regulatorio del mercado de las telecomunicaciones, así que sabía de lo que hablaba. Aunque, a decir verdad, ella siempre ha sabido de lo que habla–. Vamos a cocer ese pulpo, ¿no?

Allí están, sentados a la mesa. Enrique trabajaba como ingeniero en las oficinas de una empresa española de fabricación de componentes de refrigeración en Shanghái, Irena y Eduardo se habían conocido en Bruselas, ella es polaca, abogada en una ONG relacionada con los derechos de los refugiados, Eduardo era traductor en una televisión cultural francoalemana, Sandra y Jimena se sentaban una al lado de la otra y se hacían cosquillas: la primera química en un laboratorio de análisis de productos alimentarios, la segunda estudiante de un postgrado sobre inmunodeficiencia en animales de compañía, compartían piso en Frankfurt y en aquel momento todavía estaban liadas; Diana había dejado su trabajo en la producción de un reality show hacía un mes, además había dejado Madrid, había dejado su relación con Mario y se recuperaba en casa de sus padres de una ceguera transitoria provocada por el estrés (la ceguera había desaparecido con la misma rapidez con la que había sobrevenido, pero seguía en observación), Eric, cabizbajo, llevaba quizá demasiados años trabajando en el mismo restaurante de tapas españolas en Berlín y se rumoreaba que las cosas le iban mal con su novio vasco; a Javier ya lo conocéis, estaba de vuelta en la capital tras haberse pasado dos años desempleado en casa de sus padres en Murcia. El pulpo había dado problemas. Estaba sabroso y su textura no era ni correosa ni babosa, pero ni Diana ni Javier, los murcianos que se habían encargado de su cocción, querían probarlo. Decían que «se les había metido el olor en la nariz». Mis ensaladas, sin embargo, disfrutaban de un éxito razonable. Pacheco había encadenado un puesto de botones en un hotel de Lyon, unas clases de español en Mánchester y un infructuoso intento de voluntariado social en Nicaragua. Había estudiado Periodismo, como Aitana y yo, y en aquel momento estaba valorando irse a vivir a un pueblo mientras se reciclaba como gestor de contenidos de páginas web. Aitana esperaba doctorarse tras entregar su tesina sobre la evolución de las televisiones locales en España y su importancia como espacio de proximidad y pluralidad democrática, televisiones que habían sido fulminadas precisamente debido a las licencias de implantación de la ubicua TDT, que había cambiado la nieve de las interferencias por el pulcro y troquelado artefacto digital. Por último estaba yo, pero yo les observo, les escucho, desde lejos. Estoy allí con ellos y también estoy aquí, a vuestro lado. Estoy, de nuevo, en dos sitios a la vez.

–La piel flotaba, ¿es normal que se separe la piel?

–Mi padre era instalador de antenas y no andaba sintonizando los canales todos los putos años.

–A lo mejor lo hemos cocido de más.

–Podemos escuchar las campanadas en la calle, en la radio del coche.

–Yo creo que nos iremos de Prenzlauer Berg.

–¿Nadie quiere gambas? ¿En serio?

–En cinco minutos tenemos los canales, mira, va por 680 megahercios.

–Asier tiene un trabajo nuevo, nos apetece ir a los barrios del sur.

–La distopía siempre es reaccionaria. Estás clausurando el presente desde un futuro aterrador.

–El ayuntamiento me pagaba el alquiler y la comida del gato. Ahora que Asier cotiza tenemos que ver cómo hacemos.

–La utopía me parece más reaccionaria, qué quieres que te diga.

–¡Un brindis por el maestro barbacoas!

–¡Por Pacheco!

–¡Viva Pacheco!

–¡Que baile Pacheco!

–A Carlos, a Carlos, las cabezas de gamba dádselas a Carlos, que le encantan.

–Todo lleno de carricoches y productos bio. Y gente que ríe hacia arriba. No saben reír, ¿veis? Solo miran hacia arriba y abren la boca.

–¿Qué es un múltiplex?

–El miedo siempre inmoviliza. Esas películas solo ponen el miedo en circulación.

–Pues yo creo que el pulpo está perfecto.

–¿Ya no queda pastel de cabracho?

–Para desayunar, mañana Carlos va a hacer tostadas de langostinos para desayunar.

–Yo no he leído tus guiones, solo te digo lo que he visto en las películas de ese rollo.

–El espectro electromagnético es finito. Ocupa una gama limitada de frecuencias, así que están muy disputadas.

–¿Es pastel o paté? Nunca me ha quedado claro.

–En *Take Shelter*,[7] por ejemplo, en la última secuencia descubrimos que el protagonista no estaba loco: la catástrofe que se imaginaba se demuestra real. Eso es lo reaccionario, premiar al paranoide, al colgado que quiere enterrar a su familia en un búnker.

–Al digitalizar la señal puedes incluir más canales donde antes solo tenías las bandas de UHF. En cada múltiplex caben unos cuatro canales.

–El suministro de luz no te lo pagan, ni en Alemania ni aquí.

–Ultra High Frequency.

–Te recomiendo que les quites las pepitas, mira, se abre y se hace así. Si no, te vas a atragantar.

–El espectro era de titularidad estatal, pero lo liberalizaron en 2010. Ahora estamos en proceso de redistribución de frecuencias. La franja por encima de 800 megahercios se ha vendido a las operadoras de telefonía móvil.

---

7. Película de suspense de 2011 dirigida por Jeff Nichols y protagonizada por Michael Shannon y Jessica Chastain.

–Yo les quito también la piel. Eduardo, ¿cómo se dice «piel de uva» en inglés?

–Más velocidad de transmisión y una propagación más estable, las frecuencias más bajas atraviesan mejor las paredes de los edificios.

–¿Skin?

–¿Dónde han contratado a Asier?

–No sé, por ejemplo, ver una película en el móvil mientras vas en metro o en tren.

–Yo me saldría a la calle y me comería las uvas con la radio del coche, os lo digo en serio.

Llegaron las doce, comimos las uvas en la calle, nos abrazamos y descorchamos la botella de cava. Pusimos algo de música y nos preparamos unas copas. Irena y Eduardo decidieron dar un paseo por la urbanización y les despedimos desde el porche, mientras nos rodeaba el silencio de las viviendas colindantes. Sandra me echó sigilosamente una cabeza de langostino en el gin-tonic y gastó un par más de bromas pesadas, supongo que por cosas así acabaríamos todos tan hartos de ella y dejaría, con el paso de los años, de formar parte de nuestra vida, aunque Aitana tiene otra teoría. Precisamente Aitana fumaba con Diana en el jardín, sentadas ambas en las butacas donde hacía unas pocas horas yo intentaba adivinar formas entre la oscuridad. Diana me hizo señales para que me acercara. Ahora que el año se había cumplido, que todos habíamos brindado y cenado y celebrado, ahora que el último día se había resuelto sin tropiezos ni desastres y estábamos todos a salvo y reunidos, tranquilos y felices, me esforcé por olvidarme del pasado y del futuro, decidido a no preocuparme ni ensombrecerme. Habíamos llegado hasta allí, estábamos juntos y eso era todo. No era poco, dadas las turbulencias que nos rodeaban, y me gustaría pensar que aquellos días en la sierra, rodeado de amistades, encontré una momentánea y aislada gratitud.

–Tenemos una situación y no sabemos qué hacer –Diana hablaba con una inesperada gravedad mientras Aitana me miraba de reojo y sorbía de la pajita de su ron.

–Yo iba a esperar a decírtelo mañana, cuando no estéis todos tan borrachos y emotivos. –Aitana me protegía habitualmente de mi tendencia a la sentimentalidad y yo trataba de corresponder protegiéndola a su vez de su tendencia a proteger a todo el mundo.

–Jimena se encontró a Asier en Berlín la semana pasada y este le dijo que Eric y él lo habían dejado hace cuatro meses. Ella estaba en la ciudad por algo de la universidad, iba y volvía en el día y por eso no le había avisado.

–¿A ti él te ha comentado algo, que estuviera preocupado por algo? –Aitana removía los hielos de su cubata.

Alguien rompió algo dentro de la casa, habían empezado los bailes.

–No. Es decir, me llama mucho pero me habla sobre todo de sus diseños y proyectos. No me cuenta nada personal, ya sabéis cómo es. Ya ha hecho cosas así en el pasado, nos miente pero porque se miente constantemente a sí mismo.

Eric reunía los estereotipos clásicos del español emigrado a Berlín con anhelos artísticos y necesidades de ruptura personal, profesional o social. Se había marchado justo antes de la crisis de 2008, cuando todo era aún juego y descubrimiento. La así denominada «ruptura», el *reseteo* ante las decepciones de la vida juvenil, se demostraba, con el paso de los meses, no tanto como punto y aparte, recuperación o reajuste, sino quizá más bien como una prórroga ante el presente. Una moratoria existencial, un tiempo de descuento sin descuento donde se suspendían responsabilidades, obligaciones y, llegado el caso, con el paso de los años, se suspendía el mismísimo tiempo –la propia edad y sus circunstancias generacionales– y el espacio –la nacionalidad, la pertenencia a un lugar–. Se suspendían los orígenes y, de tal modo y sin sospecharlo, también los propios destinos, lo que instalaba al joven migrante en un estado indefinido de parálisis. Las víctimas, no hace falta decirlo, se contaban por millares y en cierta medida es una dolencia que amenaza a todo expatriado de larga duración. Pero Berlín proponía, al menos en aquella lejana primera década inagotable del siglo XXI, su experiencia más refinada. Se hallaban así sin escapatoria en una ciudad que les suministraba comodidades y manutenciones y, ante todo, *sensaciones* permanentes y reciclables de *oportunidades*: relaciones, encuentros, proyectos e inauguraciones atravesados por la sugestiva y rejuvenecedora idea de lo festivo (por qué toda una generación de europeos veinteañeros requirió energías rejuvenecedoras es asunto para tratar en otra ocasión). Entendamos en todo caso inauguración no solo como *vernissage* de exposiciones, performances y cortometrajes experimentales, sino como una noción común: lo *inaugural* era la innegable promesa de acontecimientos que cualquier berlinés adoptado experimentaba cada mañana al despertarse. No es algo tan caprichoso ni superficial como lo he descrito. Berlín suministraba una *atmósfera* que podemos etiquetar –según tengamos el día– de inspiradora, acogedora, activa, bohemia, cutre, ensimismada o hipócrita, pero, al fin y al cabo, una esfera, aunque fuera intangible, de propuestas y posibilidades, de confianza y esperanza, una disposición sonriente hacia el porvenir que era adictiva porque era incalculable, dado el apagamiento general y la depresión paralizante en que se hallaban instaladas las sociedades y economías del sur de Europa.

–Jimena fue a verle al bar en el que trabaja y le dijeron que se había despedido antes del verano.

Me pareció que Diana bizqueaba un poco y me pregunté si se habría metido una raya. Antes de que pudiera recordarles de nuevo que Eric ya había hecho cosas así y que probablemente trabajara en otro bar donde no tuviera deudas o malos rollos y no nos hubiera dicho nada para que no le sermoneáramos, Aitana dijo las palabras mágicas:

–Pero no es eso lo que nos preocupa.

–O no es lo que más nos preocupa. Jimena intentó hablar con él cuando llegamos. Entre bromas se metió con él en el baño mientras se duchaba y se dio cuenta de que tenía marcas.

–¿Marcas?

–Cicatrices. En la espalda. Algunas recientes, otras más antiguas.

Del salón llegaban emanaciones de merengue y bachata de los noventa interrumpidas abruptamente por trap y reguetón de la década que nos ocupaba. Intuía algún tipo de guerra musical. Aitana recogió las colillas, atraída por las jugosas melodías. Al pasar por mi lado me pellizcó el culo.

–El caso es que Jimena tiene un plan. Pero nos parece un mal plan.

Cerramos los ojos. «Cae la noche y en el pueblo de Sotolix todos los aldeanos se marchan a la cama. Ha sido un día duro de trabajo y están agotados, pero en el bosque que les rodea se esconden fuerzas malignas. Unas sombras se mueven por las calles empedradas. Pasan las horas y el pueblo duerme tranquilo. Al salir el sol todo parece volver a la normalidad; sin embargo, en un portal aparece un cadáver degollado encharcado en su propia sangre. El cadáver degollado de... ¡Diana!»

–Qué hijos de puta. Me matáis la primera porque me tenéis miedo, cabrones.

Diana lanzó su carta, era la Niña, lo que generó un maullido colectivo de consternación. La Niña era importante. Enrique, con su voz de bajo y su larga barba castaña, hacía de maestro de ceremonias, controlaba los tiempos, aplacaba enfrentamientos y dirigía la escena mental, excitante a la par que tétrica, en la que habíamos decidido sumergirnos.

En *Hombres lobo de Castronegro* cada jugador recibe una carta que determina si es un aldeano o un lobo; aunque la baraja incluye algunos personajes especiales, nosotros solo habíamos incorporado a la Niña, que era la única aldeana que podía abrir los ojos en la noche e intentar sorprender a los malvados lobos, y a la que de todos modos se acababan de cargar en la primera ronda. Al ser ocho en la aldea (Irena y Eduardo no habían vuelto de su caminata) se repartían dos cartas de lobo. Cada noche, cada ronda, los lobos atacarían y asesinarían a un aldeano mientras el pueblo dormía. Había por tanto dos lobos escondidos entre nosotros. Tras el crimen nocturno tocaba deliberar en grupo quiénes pensábamos que eran los asesinos, sabiendo que los lobos encubiertos intentarían despistarnos con información falsa. Las razones de la discusión eran inestables: alguien argüía haber escuchado algo, otro detectaba que un aldeano parecía más nervioso o silencioso de la cuenta, un tercero se sobrecogía ante una penetrante e inexplicable intuición. O simplemente todos chillábamos y nos acusábamos presos del frenesí, lo que provocaba un tumulto. Un juego muy sencillo, la forma más elemental del rol, que, sin embargo, debido a su dinámica grupal y eliminatoria, suspicaz y temerosa, podía rápidamente derivar en una poco amigable tensión y crueldad. En la deliberación era muy habitual que un o una inocente fuera linchado por error por el pueblo enfurecido, lo que no siempre era bien recibido por la víctima y daba lugar a acusaciones de injusticia o venganza por motivos externos al propio juego.

–Aquí hay alguien que miente.

Y este era el confuso plan urdido por Jimena para desenmascarar a Eric, usar la retorcida dinámica de la partida para hacerle confesar en directo. Una estrategia que bajo ningún concepto sería exitosa (su éxito solo podía significar un derrumbe público, una molesta y vergonzosa humillación), que de hecho nos parecía impropia de Jimena, a la que no identificábamos ni con el entrometimiento ni con el sadismo. Diana, Aitana y yo adivinábamos sin demasiado esfuerzo que detrás de una idea tan en extremo adolescente, de resultados arbitrarios y quién sabe si aniquiladores, solo podía esconderse el temperamento preocupantemente sociópata de Sandra. Jimena, ofrezcámosle algo de comprensión, insistía en que había intentado hablar en privado con el susodicho en diferentes ocasiones y que este se había escabullido repetidas veces. Ya sin escapatoria –recordemos que Jimena le persiguió hasta las entrañas de un sofá–, Eric se había enmarañado en una también preocupante red de mentiras –acusando a Asier de inventarlo todo– que se aproximaban peligrosamente al diagnóstico psiquiátrico. Jimena se había tomado este asunto como un objetivo a cumplir, como un monolito a derribar, lo que tampoco habla muy bien de sus cualidades para la empatía. La noche, la borrachera y el entusiasmo de fin de año nos habían impedido abortar la partida.

–Yo creo que Eric es uno de los lobos.

–Pues yo creo que eres tú, Jimena.

–Sí, Eric tiene cara de mentiroso.

–Eres un lobito feroz, Eric.

–¿Veis cómo me atacan? Jimena y Sandra son las lobas, ¡es evidente!

–Venga, Eric, dinos la verdad.

–¡Lobas! ¡Lobas! ¡Que tenéis caras de lobas, de zorras y de bolleras! –Eric se revolvía, nervioso, y señalaba a las chicas con una desenvuelta mezcla de agresividad, picardía y misoginia.

–Se acabaron las mentiras, Eric.

–Pues a mí me ha parecido escuchar a Pacheco. –Aitana decidió interceder y aliviar un poquito la presión sobre nuestro amigo acorralado.

Los lobos abrían los ojos en la noche. Mientras el resto del poblado estaba ciego y callado, los jugadores lobos, con los ojos abiertos, tenían que decidir a quién matar y, con un gesto de la mano, indicar la víctima al máster del juego, el director de escena. Ese sonido, inapreciable, solía ser un recurso de los verdaderos lobos para trastornar al personal y diseminar pistas confusas. Intervine:

–¿Cómo vas a escuchar a Pacheco si está al otro lado de la mesa? ¿No serás tú una de las lobas, Aitana?

–Yo solo digo que Pacheco está muy calladito.

–Se queda callado para no mentir.

–Mucho mentiroso hay aquí.

–¡Es Pacheco, es Pacheco! ¡Se está poniendo colorado!

–¡Pacheco a la hoguera!

–Yo no…

–Ni siquiera puede hablar, ¡asesino!

–Un poco de silencio. ¿Quiénes votan a Pacheco? Levantad la mano.

–¡Esperad! ¡Esperad!

–Pues a mí me parece que es Javier.

–¡Jamás! ¡Mirad mis manos, mis dientes! ¡Soy un humano como vosotras!

–Pues por aquí huele a lobo, oled a Eric.

–Tres votos para Pacheco.

–Dejad que me defienda.

–¿Quién vota por Eric? ¿Solo nosotras dos? Carlos, Aitana, Javier, ¿no pensáis que Eric es el lobo? ¿No hay nada que nos quieras contar?

–Sí, Eric, ¿no crees que es hora de enseñarnos tus garras de lobo?

Lo mejor –y también lo peor– del juego es que no hay una estrategia unívoca. Ni el disimulo ni la vehemencia aseguran el éxito, ninguna táctica conduce a un camino seguro. Todas las partidas se resuelven en la persuasión y la palabra, sus procedimientos deliberativos –que acaban en ejecución en la plaza del pueblo– son colectivos, externos y se dirimen a plena luz del día. Son por tanto divertida a la par que fatigosamente incontrolables. Nos convierte en un enjambre de miedos, simpatías y alianzas incomprensibles y podríamos considerar que ejemplifican, si es que este juego ejemplifica algo, la victoria del discurso sobre la narración. Al final de cualquier partida, en especial si los lobos pasan desapercibidos y se zampan al último lugareño, acabará sobrevolando –y quién sabe si reinando– un juguetón pero a la larga incómodo clima de mentira y traición y se escucharán declaraciones como:

106

¡No quiero morir!

¡Me aferro a la vida!

¿Por qué me habéis matado?

¡Nos hemos cargado a un inocente!

¡Os lo dije!

Me habéis engañado.

No debiste creerme.

No, no puedes ser tú, no por favor, tú no.

Ahora te comeremos.

Confié en ti.

Prepárate para morir.

¡Socorro!

Pero esto no ocurrió en nuestra partida, porque justo en el momento convenido en que Aitana y yo debíamos levantar la mano para ajusticiar a Eric –sumando dos votos más a los de Jimena y Sandra–, y cuando mi imaginación, siempre preparada, angustiada y lista para *lo peor*, ya estaba escuchando a Sandra diciendo algo así como «Quítate la camiseta para que podamos ver tus arañazos, lobo», algo que probablemente no habría hecho pero que me había empujado a un abismo de susto y malestar, pues bien, antes de todo esto, mientras Sandra y Jimena insistían, Enrique preguntaba por qué no dejaban de acechar y hostigar a Eric, Javier nos miraba extrañado, sin entender qué estaba pasando –la situación era francamente extraña–, Aitana y yo nos mirábamos pestañeando como animalitos perplejos y Diana se ponía otra copa, decidida a desvincularse de tantas emociones, Pacheco –que sudaba copiosamente y estaba de color granate– tiró su carta a la mesa y deshizo el hechizo mientras tartamudeaba:

–Vale, soy yo, yo soy uno de los lobos. Matadme.

Hasta yo rugí de indignación. Así no se jugaba, qué se había creído, estábamos todavía votando. Pacheco se había cargado la partida, había arruinado el juego, nos había abofeteado en pleno trance y, si hubiéramos sido un tribunal que pudiera condenarle a muerte, durante un milisegundo así lo habríamos dictaminado. Tan profundamente inaceptable nos parece que alguien rompa unas normas. Tan monstruoso e incivilizado nos resulta que alguien rompa un acuerdo de ficción que nos ha permitido ser, durante algunos minutos indoloros, irreprochablemente monstruosos con nuestros amigos. Pacheco se había delatado, había hecho lo que no se puede hacer, lo que no está *contemplado*, y no fue ni un despiste ni desconocimiento del funcionamiento del juego. Decidió zanjar la situación, cargar con nuestra rabia y liberar a Eric por motivos bondadosos, fraternales o, no lo descarto, razones quizá más ocultas. Tampoco pudimos buscar ninguna respuesta a nuestro estupor porque en mitad de este cortocircuito grupal entraron Irena y Eduardo, sonrojados y felices, con sus abrigos, guantes y gorros de lana, refrescantes e inocentes de todas nuestras tinieblas y con una animada propuesta aventurera:

–¡Un lago, un lago! ¡Hemos descubierto un lago! ¡Tenéis que verlo!

Allá fuimos. Irena y Eduardo se esforzaron en convencernos a todos de que debíamos ir. No estaba lejos y no se parecía a ningún lago que hubiéramos visto nunca y así, de ese modo imprevisto y estupendo, salimos al frío de los árboles y el viento, y caminamos en la oscuridad charlando animadamente, y no se volvió a mencionar lo que había sucedido tras la cena. La conflagración se había evitado y las sospechas, al menos por esa noche, se habían esfumado. Pisábamos hojas mojadas, seguíamos los haces de linterna de Irena y Eduardo y creo que todos estábamos contentos y agradecidos. Nuestros guías parecían niños ilusionados, daban saltitos y cuchicheaban, como poseedores de un asombroso secreto. A Diana, que había trabajado bastantes años en televisión, le seguía intrigando la propiedad, venta y concesión de la radiofrecuencia, la finitud de su espacio, la circulación encriptada de todas esas imágenes y sonidos volantes para los que hacían falta nuevos equipos de decodificación. Mientras nos internábamos entre pinares y helechos, Aitana y ella continuaron hablando de la legislación de lo invisible y el monopolio de lo visible, hablaron de cómo la reflexión y dispersión de la energía provocaba ecos y zonas de sombra en la transmisión analógica, que se manifiestan como nieve, imágenes dobles, colores quemados, zumbidos o pitidos y cómo, por otro lado, la transmisión digital solo puede corregir hasta cierto punto la interferencia, porque la codificación no se realiza de manera proporcional.

–Cuando el receptor digital no es capaz de subsanar ciertos errores puede producirse la congelación de la imagen o la interrupción del sonido. Si el nivel de error supera cierto límite, el receptor es incapaz de recomponer la señal. Es entonces cuando la pantalla ofrece una imagen negra, sin sonido. El hecho de que exista este límite de error determinado y no una pérdida progresiva de la calidad se denomina «abismo digital», un término que a Carlos y a mí nos hace gracia y últimamente usamos para todo.

Diana escuchaba con atención, pero insistía una y otra vez en que, a pesar de haber trabajado en programas de informativos con unidades móviles y de haberlo estudiado, seguía sin entenderlo. Es más, estaba convencida de que no lo entendería nunca.

–Si me dijeras que es magia, si me dijeras que es algo que nos viene dado por una entidad superior y que los humanos no hemos tenido nada que ver con ello, me parecería una explicación igual de plausible, así te lo digo, no me entra en la cabeza.

Tras media hora de caminata, los primeros destellos tras los árboles interrumpieron todas las conversaciones, salimos del bosque y al fondo de una hondonada vimos una superficie brillante y oscura bajo el cielo encapotado y amarillo, contaminado de la luz de las autovías y las poblaciones cercanas. Más que un lago, era una laguna, que ocupaba el tamaño de un campo de fútbol y multiplicaba la luz cenital y nocturna en resplandores de cristal y diamante, como si la laguna contuviera en su lecho miles y miles de piedras preciosas. Irena y Eduardo corrieron por el terraplén y caminaron por la superficie: el agua parecía estar helada.

–¿Qué os parece? –nos preguntaban desde aquel espejismo.

Al descender la cuesta, el efecto óptico se iba deshaciendo suavemente, los brillantes adquirían tonalidades oleosas y navegaban en nuestras retinas como azules, magentas y violetas. Avanzábamos despacio y en silencio, sin poder comprender qué estábamos observando, a pesar de que ya percibíamos las esquirlas y los bordes, los objetos y su correspondiente inmovilidad.

–¿Son cristales?

Irena y Eduardo se reían, completamente entregados al momento.

–A nosotros se nos puso la misma cara que a vosotros. ¡Venid, venid!

Diana iba la última, decía que le daba «mal rollo».

Me aproximé a Eric y Aitana, decidido a no quedarme rezagado. Sandra había llegado la primera a la orilla de esa agua que no era agua y escuchábamos el crujido del plástico bajo sus botas. Irena le indicó que no nos revelara de qué se trataba, que lo descubriéramos nosotros mismos. Sorprendentemente, quizá porque se lo dijo en inglés y porque Irena era tan firme como solo una persona absolutamente encantadora puede serlo, Sandra cerró por una vez la boca. Enrique se agachó y comenzó a reírse por lo bajo.

–Me lo imaginaba.

Me agaché en el borde de la orilla y cogí uno de los discos, le di la vuelta, leí «Paul Simon. Graceland». Observé otro en el que se leía «Adobe Acrobat 3.2». Amontonados, desparramados, extendidos por toda la depresión como una sábana de cuarzo titilaban miles y miles de compact disc.[8]

–Llevad ojo porque esto debe ser un vertedero y nos podemos pinchar con alguna mierda.

Caminamos y corrimos por ese espejo que tan pronto era hielo como plástico, tan pronto un millar de lunas llenas como de lunas nuevas. Jugamos a hacer que patinábamos, y Aitana y yo nos cogimos de la mano y dibujamos eses y circunferencias con nuestra danza. Hicimos muchísimas fotos, nadando, simulando un bote de remos, agarrados todos en fila india. En algún momento, Eduardo e Irena se marcharon con Pacheco al otro lado de la falsa

8. El compact disc (o CD) fue un disco óptico empleado para almacenar datos en formato digital, popularizado a partir de mediados de los años ochenta del siglo XX para el lanzamiento de novedades y reediciones musicales, cuando reemplazó el lugar que ocupaba hasta entonces el disco long play de vinilo. A principios de la década de 2010, sus ventas decayeron con la aparición de otros reproductores, formatos de archivo y plataformas de internet. En la actualidad, su presencia es residual y dirigida al coleccionismo.

orilla y se pusieron a manipular unas mochilas que habían traído. Me pidieron que avisara a los demás para sentarnos sobre una peña cerca del bosque negro de coníferas por el que habíamos entrado. Aitana estaba sola, en el centro de la laguna de plástico y aluminio y corrí hacia ella.

–Nos han dicho que nos pongamos en esa parte del lago.

Me miró y caminamos sin decirnos nada hacia donde esperaban nuestros amigos. Sentí que la había interrumpido en alguna reflexión menos alegre que la situación que nos rodeaba. Cuando nos sentamos, esperando que los otros hicieran lo que tuvieran que hacer, apoyó su cabeza sobre mi hombro –algo que hacía en muy pocas ocasiones porque es más alta que yo y mis hombros son muy huesudos–. Estuvo así unos instantes y comentó:

–No es un lago, es un cementerio.

Pacheco, Irena y Eduardo corrían hacia nosotros. Empezaron los fuegos artificiales y aplaudimos y gritamos por cada cohete, bengala y rueda de fuego, por cada guirnalda y serpentina que chisporroteaba de verde, rojo y dorado, y que explotaba a su vez en esmeraldas, rubíes y zafiros en la superficie quieta del estanque. Así nos recuerdo, dichosos como niños, despreocupados e ignorantes de los peligros que nos rodeaban, que en aquellos años todavía no éramos capaces de ver, nombrar o imaginar.

V. LA LÍNEA DEL HORIZONTE

El paisaje tras la ventana era gris, un desierto oscuro y gris. La noche, siempre quieta, era siempre la misma noche y parecía durar ya demasiados días. Las niñas se acababan de acostar y yo fregaba los platos de la cena. Aitana se quedó sentada en la mesa, chupando su cigarrillo de plástico. Entendí, por su silencio, que iba a decirme algo que llevaba callando todo el día. Cuando terminé de secar y guardar la vajilla, carraspeó y me comentó que se había encontrado con mi hermano la noche anterior, en un videojuego de campañas militares ambientado en la Hispania del siglo V.

–Avanzábamos de madrugada, entre la niebla, el ataque a Begastri estaba previsto en cuanto saliese el primer rayo de sol. Yo comandaba a treinta palatini. Llevábamos caminando una media hora cuando, sin saber por qué, nos encontramos en lo alto de una colina. Los guías se habían desorientado y habíamos acabado por error en la cima de un territorio poco arbolado. La niebla nos protegía, pero estábamos expuestos. Iba a dar orden de repliegue cuando, entre la bruma, vi un letrero luminoso flotando en el aire y reconocí su nombre, Clodoveo81. No coincidía con él desde el año pasado, desde la defensa de Tarraco. El letrero aparecía y desaparecía entre los jirones de niebla. Avancé en solitario para que ninguno de los míos le atacara. Allí estaba, quieto, solo y en silencio, en esa cima despoblada, en mitad de la nada, muy lejos de su regimiento de cazadores. Pensé que había desertado y a la vez pensé que no tiene mucho sentido desertar en un juego bélico de estrategia. Le saludé y no se inmutó. No parecía verme. Entonces recibí un flechazo, los visigodos estaban prevenidos y nos estaban esperando. Me sacaron de allí y mi gente se lanzó cuerpo a cuerpo contra las unidades enemigas. En mitad de la batalla, él siguió allí, parado, ajeno a todo. Fue lo último que vi antes de que me llevaran a la enfermería.

–Es raro.

–Es un poquito raro. Quizá ha sufrido un corte de luz y por eso estaba como interrumpido o detenido. Desde luego, el soldado estaba activo. Respiraba.

–Respiraba.

–O lo pillé en el cuarto de baño, tampoco te preocupes. Aunque, en fin, a lo mejor deberías escribirle.

No sabíamos nada de mi hermano desde hacía unos meses. Expulsado de la universidad en el bienio ultra, había decidido encerrarse a sus cincuenta y cuatro años en la casa familiar. De esto hacía cosa de un año. Nuestros padres, tranquilos y dulces, seguían en su residencia de ancianos en la costa y él, mientras tanto, había decidido meterse en una casa de campo en el interior de la provincia, situada en el borde de una urbanización rodeada de desierto y autovías. El sitio en que pasábamos los veranos cuando éramos niños y donde, según su propia mitología personal, había disfrutado de los momentos más felices de su vida. Sin hijos, divorciado y alejado de sus amistades en Valencia, Aitana y yo no esperábamos de ese plan más que un escrupuloso buceo en los océanos de la depresión, una depresión que yo pronosticaba contagiosa. Los largos correos que me iba enviando, en los que se presentaba como un Robinson de sí mismo, explorador de la memoria familiar y arqueólogo del universo infantil y adolescente que cogía polvo en la biblioteca, podían acabar también conmigo. Acabar con mi paciencia, con mi alegría, o con ambas. Comentarios como «He conseguido conectar la Mega Drive a la pantalla plana» me producían la intranquilidad nerviosa que el temperamento caprichosamente melancólico –voluntariamente melancólico– de mi hermano siempre me ha causado cuando se pone en modo *retro*. No estaban nuestras vidas –ningunas vidas, a decir verdad– como para acomodarse en moduladas y manejables tristezas deliberadas. Quizá me enfermaba leerle porque me recordaba quién soy o quién no he querido ser. Así que leía esos diarios (se podían considerar diarios) con rapidez y escasa atención, le contestaba brevemente y me prometía que algún día leería todo aquello con detenimiento y le respondería con comprensión y cariño, en especial desde que en los últimos correos había empezado a describir, de manera algo vaga y confusa, una especie de trastorno ocular o dolencia neurológica que yo no terminaba de entender y que tampoco me había tomado muy en serio. Así que me senté ante el ordenador, Aitana y yo nos despedimos con un abrazo y, antes de responderle, me puse a leer por primera y última vez todo lo que me había escrito.

20 de julio

¡Querido hermano! ¿Cómo va todo por ahí? En las fotos se os ve felices y hermosos y a las crías sanas y plenas, con la jovialidad del padre y la sabiduría de la madre. Espero que sigáis bien, todas las noticias que nos llegan de vuestro proyecto son motivo de alegría, también de admiración. Siempre confié en vosotros dos. Siempre. Por favor, no dejéis de enviarme fotografías, enviadme todas las que queráis. Yo a cambio prometo no enviar ninguna. Imagino que no te apetece demasiado que te muestre una vez más este lugar y probablemente no queráis comprobar cómo voy adquiriendo un tono facial tétrico y macilento, cómo se me oscurecen los párpados y las ojeras y cómo la decrepitud (y la *molicie*, que diría la abuela) se abre paso por mis carnes flácidas y al mismo tiempo hinchadas. (¿Has visto? Intento escribir como tú, ¡a ver qué tal me sale!) Bromas *aparte* (no sé si he puesto bien estas cursivas, ¡ja!), no te mandaré fotos para que no podáis rastrear la ineludible decadencia que imagino ya habéis planeado para mí, pero a cambio te escribiré, te escribiré contándote lo que vea y me suceda aquí, en nuestra antigua casa. No voy a intentar disfrazar este acto, que podríamos calificar precipitadamente de egoísta, con la apariencia de un regalo o una ofrenda. Había pensado en intentar convencerte de que, con el relato de mi nueva vida aquí, podría recordarte y *recobrarte* nuestra memoria, nuestros paisajes, nuestras aventuras conjuntas. (Qué hay de «nueva vida» en eso, te preguntarás.) Convencerte de que te escribía por tu bien, preservando y, por tanto, protegiendo nuestro pasado. Pero entiendo a la perfección que, tan lejos como estás y sin perspectivas de retorno, no te agrade especialmente que me regodee (o hasta me deleite) en territorios emocionales que ya no puedes visitar y que, digámoslo

116

claro, ni te aportan ni creo que te interesen. Tú siempre fuiste capaz de mirar hacia el futuro sin contemplaciones. Quizá no te quedó otro remedio. Al menos nunca has mezclado (y tus relatos son una prueba de ello) el futuro con el pasado. Quizá ese haya sido siempre mi caso. Pero no te imagines que he venido aquí a refugiarme solo en cómics, videojuegos y otras nostalgias, ¡tengo proyectos! En fin, aunque quizá no sea la información que más necesitas allá donde estás, tengo que escribirte porque solo a ti puedo hablarte de lo que me rodea. Solo contigo puedo compartir estos días. Así que esta correspondencia es, en buena medida, un favor que te pido.

Aparqué el coche abajo y abrí la puerta de la parcela. Me asomé al huerto y vi que los limoneros y la higuera aguantaban; por el contrario, otros dos frutales, que no sé qué son, se habían secado. No quedaba ni rastro de la hierbabuena y el perejil, achicharrados por el sol. La verdad es que esperaba encontrarme todo en peor estado. El agua de riego la cortaron hace más de un mes, justo desde que llevé a los papis a la residencia. Subí la empinadísima cuesta intentando no resbalar con las agujas que caen del gran pino de arriba, una alfombra seca y espesa que limpiaré y barreré convenientemente. Pequeñas palmeras *bordes*, como diría la otra abuela, salpicaban el terraplén que asciende hasta la casa. Tendría que cortarlas y arrancarlas antes de que se llenen de ratas, aunque esas palmeritas enanas me hacen gracia. Todavía quedaban buganvillas, violetas y rosas, colgando del portón de entrada, y esas otras flores, rojas y amarillas, que parecen la bandera de España, ¿cómo se llamaban? ¿Cómo las llamaba mamá? ¿Lantanas? ¿Crespinillos? ¿Pittosporum? Llegué al primer tramo de escaleras y antes de subir eché un ojo al garaje, que parecía más bien un almacén, con la mesa de ping-pong plegada y los estantes y cajas donde se guardan nuestros libros de texto y calificaciones escolares, nuestras bicicletas oxidadas, los dardos, la diana, los juegos de mesa y un cortacésped que debe llevar treinta años sin cortar ningún césped. Las colchonetas y las pelotas de plástico de la piscina se amontonaban en una esquina, debajo de la caldera. Seguían infladas, cosa sorprendente. Me pregunté quién las habría inflado y cuántos años llevaría ese aire ahí dentro. Pero no quiero hacer descripciones demasiado *mortecinas* (lo de las cursivas lo estoy haciendo mal, ¿verdad?), sigamos subiendo. Llegué a la entrada de la casa, rodeada de un perfecto y radiante césped artificial, que dolía mirar de lo mucho que brillaba. Era, con diferencia, lo más lozano y fresco de toda la parcela, lo más indudablemente vegetal. Al pisarlo crujió. Estaba hirviendo. Se me quedó la zapatilla pegada y pensé que se había fundido la suela, pero eran las hebras de césped las que se habían derretido y adherido al calzado. Espero resolverlo pronto, es decir, quitarlo. Como ya te dije, tengo planes. Delante de mí tenía la piscina, también verdosa, pero en otro tono. Me protegí del sol bajo la pérgola de entrada y me llené los pulmones intentando rastrear alguno de los aromas florales que rodeaban la casa, pero tan solo respiré polvo y un olor que siempre he relacionado con el sol y que calculo que será el olor del ladrillo, la piedra y la tierra abrasadas por este calor ardiente que, te confieso, he echado tanto de menos. Esos olores amarillos y polvorientos me dieron la bienvenida que, por otro lado, estaba esperando. Antes de entrar en el piso de abajo di una vuelta alrededor de la casa, demorando así la entrada, sometiéndome a ese calor vertical y aplastante que es lo que mejor resume, desde mi punto de vista, nuestra tierra. Algunas campanillas azules colgaban de las lianas que devoran lentamente al pino, la única sombra que queda en ese lado. Más allá aleteaban pesadamente unas florecillas blancas y rosas que, si mal no recuerdo, pertenecen al galán de noche, ¿o se dice dama de noche? ¿O se llamaba don Pedro o don Diego? Apenas recuerdo los nombres de las plantas. Tampoco sé si aprendérmelos ahora me será ya de alguna utilidad. A fin de cuentas, quién conoce ahora esas variedades vegetales y qué más da que busque sus nombres si donde estáis no tendréis flores. Lee uno las novelas del XIX y son encadenamientos de flora y fauna y son precisamente esos pasajes los que no nos dicen nada. Qué más da saber que me rodean lavandas o madreselva si no sé lo que son y no voy a saber o recordar lo que son por mucho que lo mire en el diccionario. ¿Es que la única manera de preservar las cosas es nombrándolas? ¿Un léxico más rico determina un mundo más heterogéneo? Imagino que cada época desarrolla sus propias riquezas y en esta que nos ocupa nombrar las flores supone un esfuerzo innecesario. Abrí la puerta de la planta baja y la primera pregunta que me hice me pilló desprevenido: ¿dónde quería dormir? ¿En mi cuarto? ¿En el de nuestros padres? La respuesta me la dieron mis propios pies, que se encaminaron, sin yo indicarles nada, a tu dormitorio. Dejé ahí las maletas y desde tu mesa te he estado escribiendo esta carta-correo, que ya va tocando a su fin.

Un abracito. Se despide tu hermano que te quiere.

24 de julio
Charly, Charly, querido Charly, hermano menor-mayor, te escribe tu hermano mayor-menor. Te escribo de nuevo, sin darte tiempo a que me respondas, pues, como podrás intuir, *no paran de sucederme* cosas. Esta mañana me he dado mi último baño en la piscina. Tras ello y rápi-

damente, me he duchado y enjabonado (la verdad es que solo me he atrevido a meter las piernas, no me fiaba de que todas esas presumibles algas y bacterias no me fueran a provocar alguna infección). Ha sido un «baño» tan cenagoso que ha supuesto la despedida ideal de nuestra piscina tras cuatro décadas de servicio. Luego he ido a saludar a Fátima y le he preguntado cómo hicieron ella y su hija para vaciar la suya. Por lo que he leído, aunque esté clorada, puedo reaprovechar esa agua para el riego siempre y cuando no exceda de ciertos indicadores químicos y no contenga alguicidas (alguicidas que, como hemos podido determinar por su aspecto de sopa de espinacas, no tiene). También me han dicho que hay unas nuevas subvenciones del ayuntamiento por árbol plantado, indagaré en ello. Fátima me ha mirado con sus grandes ojos redondos cuando le he explicado que me quedaba a vivir por aquí, me ha dado la bienvenida y me ha dicho que se alegra de tener un nuevo vecino, aunque su rostro no transmitía ninguna emoción, positiva o negativa, que yo haya podido discernir. Espero poder contarte más adelante mi proyecto para la piscina; como ya te dije, tengo planes. (Esto de que tengo planes te lo escribo todo el rato, ¿verdad? Debo parecer loco, jajajajaja.) Lo cierto es que he estado bastante atareado poniendo en marcha el sistema de riego, limpiando, comprando provisiones, acondicionando el dormitorio (me quedo en el tuyo, es el más fresco). Todavía no he decidido si tirar muebles y trastos o dejar todo como está. La verdad es que esta casa no ha cambiado apenas en todos estos años. La tarde que llegué me sobrecogió tener ante mí toda mi memoria. Las estanterías del salón y del estudio de arriba siguen repletas de tomos y tomos de cómics de ciencia ficción «adulta» (*Tótem*, *Cimoc*, *Zona 84*) y todas las colecciones de novelas de ciencia ficción y fantasía que papá compró durante años (Nova, Ultramar, Orbis, Gran Super Ficción) y que leí durante todos los veranos que me pasaba aquí, sin amigos ni ganas de hacerlos, tan solo acompañado de un niño rubio cinco años menor que yo, con el que encontré un talismán mágico en una gruta esmeralda, con el que defendí una fortaleza asediada por monos-murciélago, con el que inventé deportes nuevos: escondite acuático, baloncesto trampolín, balonmano con armadura. ¿Cuántas metamorfosis ha experimentado esta casa? ¿Cuántas guaridas, ciudadelas, aeronaves ha encarnado? Si quisiéramos hacer un mapa imaginario de la parcela y sus alrededores, ¿cuántas islas, cuántos continentes, cuántos mundos contendría? La verdad es que la casa siempre tuvo aspecto de castillo, a pesar de su estilo de 1991 y sus tres cubos escalonados de color granate, visibles a kilómetros de distancia, desde la carretera, desde el pueblo, hasta desde el tren que me llevaba a Valencia cada año. Siempre me ha parecido una suerte que esta casa, encaramada a la colina que cierra la urbanización, se vea desde tantos sitios y desde ella podamos ver casi media provincia. Con esto último exagero, desde luego, como siempre. ¿Sabes que, tras jubilarse, papá se puso a releer todas esas novelas y cómics? Decía que no recordaba nada de ninguna de ellas y que podía disfrutarlas como si no las hubiera leído nunca. Reconozco que uno de mis planes aquí era, es, volver sobre lo ya vivido y jugar de nuevo a los videojuegos de entonces, ver las series y películas de entonces y, cómo no, releer todo aquello. No te creas (te veo venir) que se trata de chapotear en un pasado idealizado. No. Es intentar entrar en otra frecuencia, atravesar otras puertas, volver a interpretar esos mapas. Ayer me di cuenta de que leí de adolescente esos libros que me recomendaba papá y que releerlos ahora, una vez más, y tal y como hizo él mismo, es habitarle, repetirle, residir en su mismo universo de ficción. ¿Soy una especie de pequeño clon de él? ¿Una excrecencia, un fascículo? (Lo de fascículo me ha hecho gracia.) Tú siempre estuviste más cerca de mamá y de su actividad, vosotros trabajabais en la cocina y en el jardín mientras nosotros nos dormíamos entre revistas, tocábamos la guitarra o «hacíamos recados» y de paso nos tomábamos unas cervezas en el bar. Esta disposición hacia la ociosidad y, de tal manera, hacia la melancolía es, como siempre me has recordado, un privilegio. Una disposición que es, también, una elaboración. La melancolía requiere tiempo, requiere, digámoslo así, *trabajo*. Tú mismo te negaste durante muchos años a escribir, a aspirar a la creatividad o hasta a cultivar una afición, pues te parecían privilegios de género y de clase esta casa, estos veranos, estas tranquilidades. No te parecía algo a lo que *tuvieras derecho*, tan solo una emanación de nuestra condición como hijos de la burguesía. Que hayas sido capaz de transmitirnos esa idea a papá y a mí sin sonar condescendiente es algo que todavía me admira. De otro modo y de una manera mucho más cálida, también Aitana nos hizo conscientes de nuestros privilegios (probablemente ella haya sido la persona que más cosas le ha enseñado a esta familia). Supongo que te decidiste a escribir esos relatos una vez que muchos de tus privilegios habían desaparecido o te los habían arrebatado. Otro día hablamos de mamá. Lo que me gustaría demostrarte es que no hay necesariamente melancolía en mi agenda de actividades, tan solo una recuperación de lo imaginario. ¿Tiene acaso la imaginación que ser melancólica a partir de determinadas edades? No tiene por qué, ¿acaso la imaginación es algo inevitablemente infantil?

Te preguntarás si he recibido *visitas*. No, todavía no,

todavía no he *profundizado* tanto en la casa. Si bien es cierto que he dado paseos por el piso de arriba y me he asomado a los balcones laterales de la primera planta, los que tienen *ese recodo*, todavía no he notado ninguna cercanía ni he escuchado ninguna voz. Por eso lo de releer y también, en buena medida, lo de volver a jugar a todos los RPG de fantasía, para sintonizarme, para volver a ver la casa en toda su dimensión o, mejor dicho, en todas sus dimensiones. Por cierto, he conseguido conectar la Mega Drive a la pantalla plana.

Aquí me hallo, pues, dedicado a mis pequeños rituales, intentando también no ser esclavizado por ellos. Abro y cierro ventanas, levanto y bajo persianas con puntual regularidad, según avanza el sol, para mantener la casa «fresquita». Desayuno y ceno en la terraza y almuerzo en el salón, preservado del calor incendiario, tal y como hemos hecho siempre. ¿Te he contado alguna vez que antes, cuando no salía de casa en todo el día, jugaba a eternizar la tarde? ¿Quizá lo hacíamos juntos? No, no creo, es algo que solo puedo hacer solo, lo recuerdo ahora mientras te escribo. Recuerdo que jugaba a ese juego cuando os ibais a ver a la abuela a la playa y yo, por el motivo que sea, me quedaba solo en esta casa. Como sabes, nuestra casa está de espaldas a la urbanización, de espaldas al atardecer y abierta a los barrancos de la rambla y el desierto. Tras asistir puntualmente a la puesta de sol, que, como sabes, solo se puede ver desde la terraza del segundo piso, bajaba de nuevo al salón del primer piso o a los dormitorios de la planta baja. Me metía dentro de la casa. La luz declinaba, pero muy lentamente, y yo, que disfrutaba tanto de las tardes, intentaba extender esa penumbra violeta del anochecer lo máximo posible, sin encender ninguna luz. Encender una luz era iniciar la noche, acabar el día, ponerse con la cena, enfrentarse también de algún modo a la oscuridad o, quién sabe, ponerle una frontera de luz artificial a la oscuridad. Las noches podían ser complicadas y siniestras en esta casa aislada, tan expuesta, colgada sobre el valle y la negrura del desierto. Empezar la noche era enchufar la tele o la radio, cocinar, poner en marcha los electrodomésticos, llenarlo todo de ruido para que la oscuridad no se hiciera demasiado presente. Aunque parezca inadecuado, por el prestigio que, a día de hoy, todavía conserva la naturaleza, siempre he agradecido las autovías que cruzan el horizonte al otro lado del valle. Los faros y los motores lejanos proporcionan un rumor constante que puede uno asociar con el oleaje, aunque el mar esté lejos de aquí. Así que me resistía y demoraba la tarde, esa hora extraña, a pesar de que muchas veces la casa oscurecida *pero no del todo, no oscura del todo,* me entristecía y me llenaba de muerte, pues prefiguraba ya entonces, con veinte años escasos, muchas soledades futuras. Y así me quedaba, feliz y terriblemente paralizado, sin luz para leer, sin videojuego que jugar ni televisión que encender, en silencio, mirando el cielo o los árboles o deambulando por la casa y chocando con las sillas, que ni distinguía ya en la oscuridad. Y me imagino que esperaba algo, estaba esperando que sucediera algo o se me revelara algo que solo está aquí, en esta casa, en esa luz.

Ahora, en cuanto cae la tarde, me voy a pasear por los caminos de la rambla o por la urbanización. Probablemente haya sido el recuerdo de esas actividades, esta vez sí, decididamente mortecinas, las que me han llevado a alejarme de la casa cuando decae la luz. Aunque, a decir verdad, todavía no he resuelto el problema de qué hacer con la casa en esas horas. El anochecer me sigue pareciendo el momento más peligroso del día. Te cuento por qué.

La primera tarde que llegué aquí y salí a caminar me pasó algo, algo inesperado, algo que quizá sea una tontería o que quizá condicione toda mi estancia (cuánto tiempo duraré aquí es una pregunta que no me voy a hacer). Salí de la urbanización por la segunda alambrada y bajé por los pedregosos y resbaladizos taludes que llevan a la rambla y su «senda verde», cuyos letreros de flora y fauna (ya sabes, la famosa biodiversidad del desierto) estaban negros y cuarteados, totalmente carbonizados por el sol. No me encontré con nadie por el pedregal (la «zahorra», que es como se ha llamado siempre a este terreno, de esa palabra sí que me acuerdo) y descubrí que en la ladera opuesta muchos pinos se han venido abajo, arrancados de raíz por las torrenteras del otoño pasado. Los bosques negros y oscuros de las colinas de enfrente de casa tenían así, vistos desde la distancia, un aspecto de cementerio o quizá de campo de batalla, con esos árboles tumbados y perplejos, con aspecto de no saber todavía qué les ha pasado. Pude distinguir además otros residuos: un coche abandonado, ladrillos rotos y cubos de hormigón, cartones de vino y un sofá polvoriento, que imagino cubierto de telarañas. Yo mismo, en mi lado de la rambla, tuve que saltar por encima de un tronco retorcido y quebrado y rodear una parte del camino crujido, troceado y desnivelado por la fuerza de las inundaciones. Nuevos cráteres en una tierra en la que año tras año han derribado montañas o han agujerado llanuras. Entré en el desfiladero. La experiencia lunar, o marciana, se acentuó mientras observaba las altas buitreras, cuevas negras en las paredes de roca amarilla. El cauce se veía también pálido y cuarteado allá abajo. Antes de llegar a las canteras y los barrancos salí de la rambla y entré de nuevo en la urbanización, esta vez por el borde norte, la zona más despoblada, la que se quedó a medio hacer. Subí unas escaleras llenas de hierbajos y aparecí en una calle a la que no pusieron ni nombre, una sucesión de farolas a ninguna parte. Esa cuesta larga, un carril asfaltado con aceras pero sin casas, acaba en el punto más alto de la urbanización. Subí la pendiente sudando, agotado por el calor, a buen paso porque quería ver la puesta de sol. Era una tarde de viento africano y vapor de las huertas lejanas. Papá diría que hacía «fosca», mamá diría que hacía «calima», pero no sé si esas palabras dicen algo de este espacio y esta luz. Llegué hasta el final, el asfalto desapareció de nuevo ante la extensión de piedras y matorrales. La urbanización se interrumpía en ese punto desde el que se divisa todo el territorio. El sol se había puesto ya. A lo lejos, las montañas azules se desdibujaban bajo el polvo en suspensión y la bruma. A la derecha todo era dorado, más a la derecha todo era naranja. Cuatro sierras, una en cada punto cardinal: La Pila, Ricote, Espuña y Carrascoy. Abajo titilaban las poblaciones cercanas, El Hondón, Los Puntales y Molinos del Río, surcadas de carreteras y caminos, salpicadas de polígonos industriales moteados por farolas solitarias y más urbanizaciones como la nuestra, cercadas de eriales blancos, campos frutales y escombreras. Un paisaje que podía nombrar porque lo conocía de memoria, pero que en esa tarde era más bien una imagen incierta, sumergido en ese vaho persistente que lo difuminaba todo, que hacía desaparecer las montañas bajo una especie de sucia humedad y que parecía empañar mis propios ojos. También de las pestañas me caían gotas de sudor. A la vez que contemplaba todo aquello era consciente de que algo me estaba observando. Notaba una presencia detrás de mí, que no me había quitado los ojos de encima mientras ascendía la cuesta. En ningún momento se me pasó por la cabeza girarme, pues sabía, siempre lo he sabido, que la mirada que notaba a mi espalda procedía de la otra punta de la urbanización, de la colina sur. Era la mirada de nuestra casa. Había ascendido todo el camino sin atreverme a darme la vuelta para no encontrarme con la casa a lo lejos, mirándome. Te va a parecer que me estoy dejando llevar por extrañas manías, pero permíteme que me explique. Esos veranos que me encerraba por unos días en nuestra casa, atareado en asuntos que sería incapaz de precisar, no siempre me quedaba encerrado jugando a eternizar la tarde, a veces me asfixiaba la claustrofobia y salía con la bicicleta al atardecer hasta llegar a este mismo punto final. Esperaba entonces a que anocheciera, mirando tranquilo este paisaje que hoy no es más que una telaraña borrosa y, al emprender el camino de vuelta, la veía, la veía ahí en la colina de enfrente, lejana y cercana, y era perfectamente capaz de imaginar su interior, vacío y en penumbra, esperándome. La casa estaba esperándome. Me corría entonces un sudor helado por la espalda. Solo puedo expresar la sensación que me encogía en ese momento con una brutalidad: cuando veía la casa a lo lejos al final de la tarde, sabiendo que no había nadie allí, solo podía pensar que estabais todos muertos. Que esa casa era un ataúd. Desde luego, todo esto que te cuento son devaneos adolescentes, pero con tales antecedentes de sugestión morbosa comprenderás que reservara cierta prevención a levantar la cabeza, a mirar en esa dirección. ¿Y si veía la casa y se reactivaban todos esos temores solitarios? No tendría más remedio que hacer las maletas y largarme de allí, imagínate pasar la noche dentro de la casa si no soy capaz de pasar la tarde *alrededor* de la casa. Pues bien, me di la vuelta, lentamente. Me decidí a mirar. Al fin y al cabo ya no soy un adolescente. Para mi sorpresa, la casa no estaba. Por un instante me pareció que me faltaba el suelo bajo los pies. La casa, que sabía perfectamente ubicar en la colina sur, a un par de kilómetros de distancia, no estaba donde tenía que estar. No estaba en ningún lugar. En esos segundos de conmoción me sentí un poco fuera del tiempo y del espacio, como desplazado, como expulsado de allí y perdido en un paraje desconocido. Luego, superada esa primera aunque intensa perplejidad, comprendí que, con el paso de los años, los pocos árboles que se han mantenido en pie, tanto los nuestros como los de los vecinos, han crecido y crecido hasta taparla por entcro. La casa está oculta, ya no se ve.

Mientras caminaba de vuelta intenté encontrar, desde otro ángulo o perspectiva, algún rastro de su presencia, que, al fin y al cabo, cuando no me dejo llevar por esos terrores del pasado, siempre es enternecedora y cálida, recuerdo de momentos muy felices. Como ya era de noche, decidí volver por el centro de la urbanización; por el camino escuchaba a las familias, conversadoras y hacendosas, preparándose para la cena. Todavía vive gente aquí y ese sonido de sartenes, frituras y cubiertos me tranquilizó y me recordó que, en cualquier caso, estaba de vuelta en mi hogar. De vez en cuando, desde la esquina de alguna calle, me parecía ver nuestra casa asomando entre otras casas y te confieso que levantaba la mano, como un niño, para saludarla. «Hola, casa.» Volvía así confiado y alegre, con la temperatura tibia y amniótica de las noches de verano, cuando me dejé arrastrar por una nueva inquietud: si la casa ya no se ve desde ningún lado, ¿qué se verá entonces desde la casa? ¿Árboles y cielo? ¿Acaso he perdido las hermosas vistas del paisaje? Poco a poco apretaba el paso y jugueteaba con la idea de podar, o hasta cortar, algunos de esos árboles gigantones, que me impiden poder ver y ser visto. Estudiaría esa posibilidad dentro de mis futuros proyectos. Como ya te dije, ¡tengo planes! :)

Un fuerte abrazo a todos, prometo ser más breve en futuras correspondencias.

P. S. Al volver a casa esa primera noche me esperaban otras sorpresas. Fátima y su hija (nunca recuerdo su nombre) estaban recibiendo invitados. Organizaban una cena y más tarde estuvieron cantando y tocando la guitarra. Yo los escuchaba desde la terraza mientras cenaba, la brisa se despertó al fin y refrescó el día. Me quedé en silencio, tranquilo, escuchando canciones desconocidas y disfrutando de las magníficas noches de aquí. De pronto me llegó una vaharada de las flores de abajo. Solo desprenden sus olores dulces y frescos por la noche. No estamos aplastados del todo, Carlos.

30 de julio
Bruma, bruma, bruma, ¿cuánto va a durar esta bruma? No vemos el sol desde hace días. Las jornadas van del gris al gris. El cielo parece el agua sucia de una palangana. Los pueblos y las carreteras lejanas están envueltos en la neblina, un polvo que parece humo que parece polvo. Las sierras y los montes lejanos son un velo muy tenue. El paisaje está siempre a punto de desaparecer, aunque nunca desaparece del todo. No se distingue el horizonte, así que la tierra y el cielo parecen empastados o empapados, yo qué sé. Espero mejorar mis metáforas y no volver a usar la palabra «palangana» en futuras correspondencias.

Un correo breve para saber algo de vosotros sería de agradecer. Pero tampoco os quiero molestar, quién sabe, ¿a lo mejor estáis de vacaciones?

Os mandaría abrazos, pero soy un espantapájaros plomizo, un hombre de hojalata oxidado, un león mohoso, prefiero enviaros esta canción de uno de mis videojuegos favoritos. *F-Zero: Sand Ocean.*

6 de agosto

Hola, hermano, hermanito, te escribo breve y rápido para agradeceros vuestro último mensaje. Me alegra ver que seguís contentos y felices. Háblame de ti, ¿te encuentras bien? ¿Hay algo parecido a las vacaciones allá donde estáis? Me pregunto si el mes de agosto significa algo en ese sitio. Cuéntame, cuéntame más. Yo hoy seré breve, me acordé anoche de algo que te quiero contar. Aunque, bueno, ya de paso, te cuento cómo han sido estas semanas aquí. ¡No huyas, por favor! ¡Sigue leyendo! ¡Al final de esta carta se obra un milagro, te lo prometo!

Escribo que llevo «semanas aquí» y tengo que comprobar en el calendario cuánto tiempo ha transcurrido. Por un lado me parece que llegué hace dos días, pero por otro tengo la sensación de que llevo aquí meses y meses, me he acostumbrado tan rápido a esta casa. No es que me esté aburriendo, ni nada por el estilo. Es solo que parece que llevo aquí mucho tiempo. En cierta medida llevo aquí toda mi vida, ¿no? Siempre tuve esta casa dentro y esperaba durante todo el año a que llegara el verano para venir aquí, como si el resto de mi vida fuera un paréntesis, un sueño o, qué sé yo, un purgatorio que tenía que atravesar para poder llegar aquí cada año. Me pregunto qué imaginaba que me esperaba aquí y por qué tenía tanto deseo por venir. ¿Me estabais esperando vosotros? ¿Me estaba esperando yo mismo? Olvida lo de purgatorio, no sé por qué lo he escrito, da la impresión de que no he vivido o he vivido a medias y eso sencillamente no es verdad.

La piscina está ya vacía, los tubos de riego reparados, las palmeritas arrancadas, las ratas envenenadas. Algunas

130

noches me acerco al borde de la piscina y recuerdo cuando de adolescente me sentaba aquí a la una o las dos de la madrugada, con vosotros dormidos y todas las luces apagadas. La piscina parecía entonces un estanque de alta montaña y su superficie, negra, reflejaba las estrellas. Con el paso de los años construyeron nuevos ramales de autovías, la capital y las ciudades aledañas se expandieron y la contaminación lumínica desvaneció no solo las estrellas, sino la propia negrura del cielo. Me he acordado de ello estas semanas previas, en las que una campana de humedad, nubes y polvo nos ha rodeado. El cielo, tanto de día como de noche, ha sido blanco, blancuzco, blanquecino, blanquinoso, mudaba de un blanco desvaído a un gris claro. En todo caso, nos hayan rodeado nubes o no, el cielo lleva décadas aparentando estar nublado por la noche, una claridad desganada, entre el amarillo y el gris, procedente del millón de personas que puebla la Gran Vega, muchedumbres de viviendas que por suerte no vemos directamente desde aquí, protegidos por colinas oscuras y las quebradas de la rambla. Pero sí nos llega su resplandor o suma de resplandores. Así que la piscina, de noche, solo ha reflejado durante años una masa pálida: su superficie pasó de la negrura estrellada a obedecer a la luz incolora del cielo, el color de las cosas sin color. Hasta ahora. Ahora que la piscina no tiene agua es otra vez un foso negro. El estanque de una noche sin estrellas. Me asomo lentamente al fondo de la piscina, en donde no se distingue nada, y esa oscuridad no me resulta angustiosa ni abisal, ni ningún concepto decadente europeo que hayamos podido leer en la literatura del siglo pasado. La semana próxima la llenaré de tierra, he decidido convertirla en un huerto. Ese es uno de mis proyectos, que al final te he contado antes de tiempo, aunque supongo que te lo imaginabas, es lo que ha hecho la mayoría de las familias aquí. Dentro de poco podré flotar en una piscina llena de tierra. Ahora me contento con sentarme en el borde por la noche, con las piernas colgando, miro entonces la casa a oscuras, sus tres plantas alzándose delante de mí. Pensaba ayer en lo sencillo que es ver fantasmas, imaginar que por la ventana de una habitación apagada va a asomarse una figura silenciosa, pálida y espectral. Aunque, si lo piensas, los fantasmas nunca «se asoman», los fantasmas siempre están ya ahí, esperando que los mires. Los fantasmas siempre miran al exterior, dispuestos a cruzarse con tu mirada, pendientes de algo, algo que está fuera. Los fantasmas en las películas, en los libros, en la vida, nunca se confunden con asaltantes, con ladrones que vienen a robar. Un asaltante siempre está «haciendo algo», se mueve por las habitaciones o rebusca en los armarios. Es un sujeto en actividad, con un objetivo claro. ¿Recuerdas alguna película en que un ladrón haya sido confundido con un fantasma? Yo no. El ladrón mira hacia dentro, el fantasma mira hacia fuera. El fantasma está siempre quieto, observando, esperando. Es una presencia que está ya instalada en nuestra casa, no tiene que irrumpir en ella. Es una presencia que, por regla general, residía allí antes de que llegáramos nosotros. Un asaltante interior. En las historias de fantasmas casi siempre se descubre que se trata de los anteriores dueños, que quieren atraparte dentro de la casa o expulsarte de ella. Qué terror, ¿no? Que haya algo previo en el lugar que debe ser tu hogar, tu guarida, tu refugio. Me dio por pensar, mientras agitaba las piernas en este estanque de nada, si no habrá una neurosis burguesa encriptada en este miedo colectivo. ¿Hay historias de fantasmas en sociedades donde no existe la propiedad privada? ¿Podría haber fantasmas en una comuna, en un koljós, en la célula en la que vosotros vivís? El miedo es muy reconocible (el habitante pretérito, oculto entre tus pertenencias, muerto y a la vez vivo), pero a la vez está muy circunscrito a la propiedad: qué hace algo dentro de mi hogar, quién está dentro de este espacio sagrado, ¿es posible que mi casa no me pertenezca, que unas fuerzas anteriores, legítimas propietarias de este espacio, mi espacio, puedan reclamarlo? Se me ocurría todo esto ahora que he hecho las paces con la casa. Las noches son tranquilas aquí. Sorprendentemente tranquilas. A lo mejor es porque esta casa la construyeron nuestros padres (burguesía ON). Me parece que tendría que esforzarme mucho para ver un fantasma nocturno. O el propio fantasma tendría que esforzarse bastante para despertarme. Esperaba algo de angustia y tensión por las noches, al menos al principio, hasta que me acostumbrara a los ruidos de este caserón de tres plantas, tan aislado, tan externo al núcleo de familias del interior de la urbanización. Seguimos siendo únicamente tres casas en esta calle. Tenía miedo, desde luego, de que entraran a robar, hasta busqué tu bate de béisbol, pero lo cierto es que duermo como un tronco. Escucho los motores lejanos de la autovía, ladridos dispersos y algún ave nocturna y caigo rendido. Las otras visitas, las que estoy esperando, todavía no han comparecido. Tampoco las temo. Son viejos amigos y suelen venir de día.

Dejo para el final el susto que me llevé la semana pasada. Un susto matutino. Un susto milagroso. Como te dije, sigo pensando en hacer una buena poda de los árboles de la parcela. Los que me van a traer el camión de tierra para la piscina me van a ayudar con ello. Puede parecerte un capricho, pero también obedece a una necesidad, los árboles no pueden crecer monstruosamente, pueden desarrollar enfermedades, taparse la luz los unos a los otros y sus hojas y ramas molestar a los vecinos, si bien es verdad que Fátima no se ha quejado y los de la casa de al lado siguen sin aparecer. Quizá sea bueno, higiénico, que entre luz nueva a los rincones de esta casa. Y sí, es verdad, confieso que quiero poder ver de nuevo las montañas, los valles y los polígonos lejanos desde las ventanas y terrazas, quiero sentirme acompañado.

Comencé por tanto a comprobar el estado de los árboles en la zona más alta del terreno, el borde norte. Me encontré con una auténtica empalizada de cipreses polvorientos y oscuros, repletos de telarañas (¿se les sacude el polvo a los árboles? ¿Es algo que debería hacer?). Apretujados y entrelazados entre sí, parecían ancianos de ojos tristes y barbas tan tupidas que los troncos eran indistinguibles. Los propios árboles parecían inseparables, erguidos como un único muro de ramas viejas. Introduje la mano muy suavemente, por curiosidad, entre los brotes pequeños y carnosos de las hojas, y tras un costoso forcejeo con telarañas y ramas secas, di con el tronco. Tan solo tuve que posar la mano en él para percibir que estaba hueco, muerto. Empujé, muy levemente, y el árbol se cayó al otro lado, sin hacer ningún ruido, sin un suspiro. Me quedé muy quieto, conteniendo la respiración. Cuando se posó el polvo me asomé al otro lado. Tres metros de árbol desplomados sobre la pista de tenis del vecino. Podría haber aplastado a alguien, sin embargo, por suerte, la casa sigue aparentemente abandonada y no hubo mayores daños. Había abierto una rendija en la pared. Sin pensar (te prometo que no lo llegué a pensar), cogí dos troncos con ambas manos y empujé. El primer árbol se desplomó con facilidad y el segundo se quedó como *desfallecido*, abrazado a su compañero de al lado, sin caer del todo. Bajé a por herramientas y una carretilla y, al volver, la empalizada entera se había venido abajo. Había cedido sobre nuestra parcela. Podría haberme aplastado, pero esperó respetuosamente a que me marchara. He aquí el milagro. El milagro de mi supervivencia o el milagro de mi poder destructor. La casa ya está en parte liberada, su límite norte es perfectamente visible desde los confines de la urbanización. Este suceso no me ha preocupado, no me he sentido en peligro. Todo lo contrario, no dejaba de reír, entusiasmado. Cortaba las ramas y los troncos y los bajaba al contenedor silbando y cantando de alegría. Hasta empecé a pensar que podría cambiar de plan y utilizar el agua que tenemos concedida para el riego para llenar de nuevo la piscina. ¡Así sí que sería todo como antes! Los árboles caerían uno tras otro por falta de agua y yo podría volver a nadar y flotar sobre la superficie como antes. Jajaja, ese plan sí que sería una auténtica LOCURA, ¿eh? Creo que si no supiese que me iban a denunciar lo intentaría, aunque quién me podría denunciar si en este lado no vive nadie. ¿Seguirán haciendo inspecciones con drones? ¿Qué opinas, hermano? ¿Me la juego? ¡Puedo hasta acabar entre rejas! ¡Otra vez! Al menos en esta ocasión me arrestarían por un buen motivo.

Se despide la versión más disparatadamente emprendedora de tu hermano. Besos.

2 de septiembre

Carolus, Carolo, Carolingio, el verano se acaba y no ha venido nadie. No he recibido ninguna visita. Ninguna puerta se ha abierto. El señor Sartorius no me ha dejado ningún mensaje, ni las Hermanas Cazadoras, ni la Compañía de Brujos. Sabes de quiénes te hablo, ¿verdad? ¿Te acuerdas de ellos? Estoy seguro, o casi seguro, de que estabas allí conmigo, con nosotros, encontrando tesoros, preparando conjuros, interpretando mapas en la taberna. La taberna. He buscado el mapa de la gran posada, pero no lo he encontrado y ya no recuerdo cuál de las habitaciones de esta casa era la taberna. Sí que he encontrado las carpetas. Están las fichas de cartón con nuestros dibujos, los talismanes de cuerda, la bolsa de canicas y las ilustraciones de nuestras espadas y escudos. Las armaduras no están, se debieron destruir en la sexta guerra, la del inframundo. Cuando finalmente me respondas dime, por favor, si lo recuerdas, estoy convencido de que hemos compartido todas estas imaginaciones, pero tan solo aparece mi letra en las indicaciones de los mapas. Pero sí, tú estabas allí, tú estabas allí, te recuerdo a mi lado en la batalla de Mazmoria, recuerdo perfectamente que matamos juntos a ese gigantesco trol en la piscina, que era un estanque, que era una laguna con una hermosa cascada. Estábamos juntos y no solo en esta casa y sus múltiples trasmutaciones, también en el exterior. Encontrando pasadizos, enterrando reliquias, poniendo trampas, vigilando los movimientos de la Torre Derribada y defendiendo la Ruta de los Carolingios: el campo de aventuras se extendía a la urbanización, a la rambla, a las colinas y bosques adyacentes. Pero desde que estoy aquí, desde que releo los cómics y las sagas de los dragones, desde que he vuelto a jugar al *Wonder Boy V* y al *Landstalker*, a escuchar discos y ver películas de entonces, también he empezado a dudar de mis recuerdos, a dudar de que realmente saliésemos de casa para recorrer todos esos caminos y asomarnos a casas ajenas. Cada esquina un acertijo, cada casa un castillo encantado o una fortaleza enemiga. ¿Realmente salíamos a correr aventuras, nos arriesgábamos a tropezar con vecinos que nos tomaran por niños locos o extraños, que hablaban solos y se agazapaban entre los setos? ¿Quizá nunca llegamos a movernos, a salir de casa? ¿Recorrimos carreteras y puentes, nos escondimos en cuevas y descubrimos pasajes ocultos entre las casas o tan solo lo pensé, lo proyecté desde esta atalaya? Quizá tenga que encaramarme a una de esas buitreras para descubrir una segunda bolsa, la que contiene las canicas de colores más vivos y preciosos, la que escondimos para el futuro, una bolsa donde se encuentren los mapas más importantes, los que pensamos que nunca se nos olvidarían y de los que podíamos desprendernos precisamente por ese motivo, porque pensamos que nunca se nos olvidarían: los mapas de la taberna, la gran posada, la guarida de la Compañía y la fortaleza del árbol. Sueño con encontrar esa bolsa, enterrada bajo una piedra negra, que conduce a las experiencias que no consigo convocar, la cartografía exacta de nuestros recuerdos. Respóndeme cuando puedas, ¿te acuerdas? ¿Estabas allí? ¿Te lo llegué a contar, al menos? A veces tampoco sé del todo qué te he contado y qué he vivido, qué he manifestado y qué se me ha quedado dentro.

Durante años, nada más llegar aquí, nada más entrar, no veía tan solo la casa, sino que veía todas las casas que han sido esta casa. Desde luego recordaba momentos vividos en familia, con vosotros, los recordaba, pero debería decir mejor que me avasallaba una acumulación multiplicada de imágenes. En la medida en que en esta casa pasé tanto tiempo leyendo y jugando, leyendo y jugando, las imágenes que veía a mi alrededor eran sobre todo recuerdos de experiencias imaginarias. Y no era exactamente una actividad mental, interna, pues veía los recuerdos a cada momento, a cada paso. Así que no sé si llamarlos «recuerdos», se trataba más bien de percepciones del pasado desarrollándose continuamente a mi alrededor. No exactamente como una sucesión, no una detrás de otra, sino todas a la vez, sin separación ni discontinuidad, una multitud de capas temporales desordenadas en un mismo latigazo. No había por tanto separación en mi memoria –en mi percepción– entre lo acontecido y lo imaginado, porque lo imaginado había acontecido, había sido experimentado. Mi percepción era mi memoria y mi memoria era mi percepción. Cada elemento de esta casa, cada rincón, cada objeto, cada *hora del día*, es decir, cada inflexión de la luz, cada color del cielo y cada variación en la densidad de la temperatura y la atmósfera se asociaban a una propagación expansiva de aventuras, historias y personajes, una tumultuosidad que no cesa. Veía, escuchaba y olía todo aquello; era desbordante pero no agotador, dado que disfrutaba de la ebriedad y el vértigo de estar rodeado permanentemente de la multiplicidad. Ningún espacio era tan solo un espacio sino una red…, no, no una red. Imagina una pantalla en la que se proyectan a la vez y se sobreimpresionan centenares de películas. Esas películas no tienen ni principio ni final y la pantalla te rodea completamente, lo ocupa todo. Cada espacio era a la vez cientos de espacios. Eso es lo que me esperaba aquí y eso es lo que creía que podría revivir volviendo a esta casa. Reencontrarme con mis amigos, proyecciones interiores y también externas, alimentadas por todas las ficciones que he vivido en esta casa. No me había dado cuenta hasta ahora, pero esta casa es, o era, una especie de templo de la ficción. Y he constatado estas semanas que ya no puedo convocar esas experiencias. Paso los días intentando reanimar los recuerdos, cuando solo puedo ya visitarlos, como un turista del pasado. Los recuerdos se han quedado del otro lado y las fantasías no cobran ya vida. Por ejemplo, recuerdo perfectamente que la casa de Fátima, que fue antes la de Pepe Torres, fue a la vez el santuario de Diana Cazadora, el convento de artes marciales, la morada amarilla y el hangar de reparaciones. Lo recuerdo, pero no lo veo. No lo veo y, por mucho tiempo que me pasé releyendo, jugando y hablando solo, no lo voy a ver. Tampoco pienses que estoy desilusionado. Puede que lo haya estado, que me haya frustrado no poder convocar esos otros mundos, como si a partir de ahora la realidad fuera aburridamente predecible. Pero ya no pienso demasiado en ello, tengo un nuevo plan, un nuevo plan de exploración que espero iniciar pronto.

Hace tres semanas empezaron las podas, vino el camión de tierra. Lo traían un hombre y una mujer, conducía ella, no sé si son pareja o son hermanos. Se llaman Reha y Justin y hablan poco. Trabajan mano a mano y han podado y limpiado las acacias, las palmeras y el pino de la piscina. Me han recordado que lo que yo creía que era una cuarta acacia es un falso pimentero, del que caen esas bolitas que parecen granos de pimienta rosa y con las que es tan fácil resbalarse. Todos estos árboles eran ya más altos que nuestra casa, así que ahora, una vez podados, entra la luz directa, tanto al amanecer como al atardecer. Atardeceres que, por cierto, ya no hay modo de prolongar o eternizar. No sé si lo recuerdas, pero a partir del 15 de agosto la luz cambia y, tras la puesta de sol, la oscuridad se presenta en esta casa muy rápido, así que tengo que ser diligente y atento para que la noche no me sorprenda. Es mejor así. El único inconveniente ha tenido que ver con la tierra. Reha me ha comentado que no podemos verterla directamente sobre las losetas de la piscina, porque a la larga el agua no drenaría y se pudrirían las raíces de los frutales. Quiero plantar naranjos. Estoy esperando a ver si consiguen un martillo hidráulico, aunque se lo tiene que prestar un agricultor para el que trabajan por las mañanas. La semana pasada les insistí y Justin, sin decir nada, me dio un martillo de la caja de herramientas, como diciéndome, «empieza tú». Es la primera vez que le he visto sonreír. A la mañana siguiente bajé al fondo de la piscina y me arrodillé sobre las pequeñas losas hexagonales, blancas y celestes, dispuesto a machacarlas. Recordé que se denominan «gresites», ese es su nombre. Me acordé de papá diciendo, de un año para otro, que se habían caído algunos gresites y de repente me dio como pena y no pude romperlos a martillazos. *Me dieron pena los gresites*. La oración anterior es, sin lugar a duda, lo más ridículo que he escrito. Te regalo esta imagen de neurosis burguesa y me avergüenzo, me avergüenzo de contarte estas tonterías intuyendo lo que habréis pasado allá arriba.

Las ramas han caído y se ha abierto un nuevo horizonte, las terrazas vuelven a ser amplios balcones al desierto, a las montañas y a las luces de los pueblos lejanos. Desde la terraza norte se vuelve a ver la urbanización y todo aquello que te describí hace unas semanas. Donde más se ha despejado la vista del paisaje es en la terraza sur, donde ceno todas las noches, la que da a nuestra calle, a la rambla oscura y al fondo luminoso de la Gran Vega. Más allá de la rambla y las primeras colinas vuelvo a ver la vía del tren. Todas las tardes veo pasar los vagones que me llevaban a Valencia y los que te llevaban a ti a Madrid. Puedo divisar también las huertas que rodean el río, se intuye el puente de la represa y sus complicadas geometrías hidráulicas, la gran autovía al sur es ahora un extenso y prolongado caudal alimentado con varios afluentes. Me puedo pasar horas observando las gotitas de luz de coches y camiones, como satélites de camino a galaxias lejanas. A la izquierda de la gran autovía han reaparecido lomas rojizas y riberas pardas, que de noche se ven punteadas de luces aisladas, que adivino como pequeñas granjas o casas de campo, a excepción de un racimo de luces blancas que siempre, siempre, siempre he imaginado que pertenece a un polígono industrial pequeño, de seis o siete naves, y que cuando tenía unos dieciséis años observaba cada medianoche siendo atravesado por minúsculos faros de ciclomotor: imaginaba a chavales y chavalas con sus motos, comiendo pipas y haciendo pintadas de madrugada entre los hangares silenciosos, bajo las farolas frías, rodeados de acequias. Ha sido una especie de regalo, he podido mirar el paisaje tal y como se veía en 1997. Sobre las vías férreas, las huertas, las casas aisladas, el polígono y la autovía, se perfila la línea del horizonte, una colina que está nítidamente punteada por cinco farolas y que siempre he imaginado como la última calle, sin casas ni tráfico, que bordea una urbanización desconocida, que permanece oculta tras la montaña. Esas cinco luces recuerdan a una constelación alineada, estrellas aterrizadas, colocadas ahí para marcar la frontera entre la tierra y el cielo. También puedo pasarme minutos y minutos observándolas después de cenar, intentando distinguir alguna silueta o actividad, preguntándome qué habrá ahí y también qué se verá desde ahí. Como ves, me dedico una vez más a asociar imágenes de mi propia cosecha a un territorio felizmente recuperado. Me proyecto en todas direcciones desde esta reestrenada atalaya. Mirar es una forma de viajar. Sin embargo, y aquí es donde introduzco el punto de giro, he decidido viajar, voy a comenzar toda una exploración. Llevo toda la vida queriendo saber qué son esas luces, cómo son esas casas, cómo es la medianoche en aquel polígono. No sé si será factible, pero me gustaría (y tengo todas las tardes de otoño para hacerlo) llegar a todos los sitios que se ven desde nuestra casa, desde nuestra torre. Ahora por las tardes me siento en la terraza sur, que en realidad es más bien sudeste. De espaldas al atardecer, veo cómo el cielo se oscurece en gamas oceánicas de azul marino. Llegado un determinado momento, aparece un color malva entre las franjas de azul. Todas las tardes la misma tonalidad exacta. No son nubes, no es exactamente el aire, ni siquiera el cielo. Es un color, un color que flota sobre el horizonte. Mientras lo observo me entretengo en pensar todos los destinos que se han abierto, todos los sitios que voy a visitar, todas las aventuras que voy a vivir.

Se despide esta versión bucólica, serena y un poco cursi de tu querido hermano.

5 de septiembre

Querido, querido, feliz cumpleaños, hoy sí te escribo con brevedad, las mujeres que me están ayudando con las tierras y el huerto están hoy aquí y queda mucha tarea por hacer. Te escribo en cuanto tenga un momento. ¡Recordad lo de enviarme fotos!

Muchos besos y abrazos para toda la familia.

P. S. ¡Ya he ido a las luces del otro lado! Ya te escribiré y te contaré qué son. ¡Ha sido una auténtica sorpresa!

12 de septiembre

Hermano, espero que lo pasaras bien en tu cumpleaños, ya me contarás si hicisteis algo. Recuerdo que odiabas celebrarlo, no sé si habrás cambiado de parecer, ¿o es que allí tampoco se celebran cumpleaños? Bueno, espero que al menos te hayas podido tomar un descanso, imagino que tendréis muchísimo trabajo estos días. Por aquí seguimos con novedades, al fin hemos llenado la piscina de tierra y plantado los primeros retoños. Trajeron el martillo hidráulico pero, sorpresa, se cortó la luz y al fin acabamos todos arrodillados en el fondo de la piscina, martilleando a golpes y cavando. Luego invité a unos refrescos (Reha vino con unas compañeras para ayudarnos). Han sido días laboriosos, porque hemos aprovechado para arrancar los frutales muertos y labrar también el huerto de la entrada. Con todo, la tarde del sábado me pude escapar y visitar ese lugar, el lugar que cierra el horizonte. Fui con el coche. Me tuve que desviar bastante para acceder hasta esas colinas, pasé por debajo de la autovía por la comarcal, crucé el río a la altura de El Aljarche y regresé por la otra margen entre granjas de cerdos y almacenes hasta coger un carril sinuoso que ascendía a través de peñas rojas. Paraba el coche cada cierto tiempo para ir observando, desde ese paisaje desconocido, nuestro propio paisaje, nuestra casa inserta en inéditas perspectivas. Me encontraba insoportable y feliz, como un niño embarcado en una misión fabulosa. Cómo explicarlo, tenía la sensación de estar coronando una cumbre que todos los habitantes de un pueblo han visto durante generaciones, pero donde nadie se ha atrevido nunca a subir. Así descrito parece tremendamente exagerado, pero te intento transmitir la satisfacción, la ligera euforia, que estaba sintiendo al pisar un sitio que era nuevo y que a la vez llevo viendo toda mi vida, en la distancia. Llevaba una cámara de vídeo y en cada parada grababa imágenes de nuestra casa encajada entre la rambla, los montes y la urbanización. Necesitaba el zoom para poder encuadrar y distinguir nuestras ventanas y habitaciones. Estaba deseando llegar a las cinco farolas, a la carretera vacía, a ese espacio que tanto he imaginado, aunque también disfrutaba de esa demora que me estaba tomando, esperaba llegar con la luz exacta, con el cielo atardecido, con el color malva que flota sobre el horizonte flotando esta vez sobre mí. Seguí subiendo y justo cuando ya asomaba la primera farola me encontré con una valla cortando la carretera y una garita de guardia. ¿Dónde estaba? Bajé del coche y me encontré con dos soldados, que salían de la cabina para preguntarme qué hacía ahí. ¡Resulta que lo que pensaba que era el borde de otra urbanización es un campamento militar! Son instalaciones de las que no he llegado a averiguar nada más, por eso veía la carretera tan desnuda sobre el filo de la montaña, por eso su ausencia de tráfico y de personas. Llegué a ver unos barracones tras unos pinos, que no se perciben desde nuestra casa. Le preguntaré a Néstor, a ver si sabe algo. Me despedí y me marché, pero unos metros más abajo me encaramé a un promontorio cercano y pude tomar algunos planos de nuestra casa. Mientras grababa desde el lugar que he estado observando todas estas tardes imaginaba mi propia silueta, minúscula, observada desde casa. Por el visor de la cámara distinguía muy borrosamente, ajustando el teleobjetivo al máximo, la butaca en la que me siento y a la vez podía imaginarme siendo visto desde esa butaca, solitario y agachado sobre el trípode, una mancha en la ladera. Solo pude llegar a la primera farola de las cinco, pero no me importa, el viaje ha sido nutritivo, tan solo alcanzar el borde del horizonte ha convertido lo que antes era una imagen plana en un territorio rugoso, con nuevos detalles, matices y modulaciones. Lo que pensaba que era una carreterita entre guijarros y matojos es en realidad una subida prolongada y llena de curvas, que rodea dos canteras viejas, con altas paredes de roca cortadas en vertical, grandes secciones de montaña roja y amarilla con vetas azules. Mi próximo objetivo es llegar al pequeño polígono nocturno, ¿qué me encontraré? Si te apetece te mando capturas de las grabaciones, se las enseñaré a papá y mamá la próxima vez que les visite.

Esta semana ha ocurrido otro asunto inesperado. Estaba en casa preparando la cena cuando sonó el timbre. ¡Un timbre! Es la primera vez que suena un timbre inesperado. Era Fátima, que venía a despedirse. Su hija y ella han decidido marcharse, se reúnen con otros familiares en Copenhague, igual que hicieron Mar y Diana. Ella teletrabajará desde allí y a su hija la han contratado en una empresa danesa. La vi muy contenta, aunque a la vez hacía esfuerzos por mostrarse cariñosa y compungida, ella sabe perfectamente que se marchan a un lugar donde yo no puedo ir. No es en absoluto descabellado considerar que nos están abandonando. Todo esto lo pensé más tarde, en ese momento la felicité y le deseé lo mejor para el viaje. Ella lamentó que hayamos coincidido tan poco tiempo como vecinos. Como pondrán la casa en venta, me dijo que las avise si conozco a alguien interesado. No se me ocurre a nadie, desde luego.

Esto es todo por hoy, querido, me despido esta vez entusiasmado por los proyectos futuros y algo distraído por los proyectos pasados.

Abrazos.

22 de septiembre
Hola, hermanito, espero que estés bien. Te sigo escribiendo, aunque la verdad es que no sé si esto que te cuento te interesa lo más mínimo. Hace tiempo que arrastro la sensación de que me escribo estas cartas a mí mismo. Bajé a la ciudad a cenar con Néstor, me comentó que no tiene ni idea de a qué batallón pertenecen las instalaciones militares que descubrí el otro día, coincide conmigo en que no forman parte de la brigada paracaidista, que se encuentra bastante más abajo. Me dijo que le preguntaría a su padre. Le llevé un par de botellas de vino y me preguntó si

145

todo iba bien. En parte le debo poder estar aquí y la vida que llevo en la actualidad, así que le dije que estaba tranquilo y contento. Le debo toda la gratitud del mundo. Volvía pasadas las doce de la noche y, al incorporarme a la gran autovía, me di cuenta de que nunca había hecho ese tramo a esa hora, el tramo que se ve desde casa. Me sucedió entonces algo curioso. He pasado tanto tiempo mirando desde la terraza sur esas luces minúsculas de los faros de los coches que sentí que yo era una luz, una luz atravesando la colina. Como un desdoblamiento. Como si mi puesto de observación en la terraza estuviera ya instalado en mi cerebro, como un sistema operativo que no se puede resetear, y me viera desde la casa, aunque no esté en ella. Yo conducía el coche y a la vez yo era un faro, una de las luces lejanas que veo cada noche desde casa. Era un sujeto y un objeto a la vez. Era dos cosas. Una experiencia bastante rara, pues era a la vez protagonista y figurante de una escena, un elemento participativo del decorado de ese cosmos constante que suponen mis visiones diarias. Cuando llegué a la urbanización, todo estaba a oscuras, los cortes de luz son cada vez más frecuentes. Antes me encantaba que se fuera la luz y caminar entre la oscuridad, me parecía una experiencia que me transportaba a un tiempo remoto y medieval, sin embargo, la otra noche me asusté y me deprimí, así sería el aspecto de la urbanización si estuviera definitivamente vacía. Una vez en casa, a oscuras, sentado en mi terraza, volvió la corriente eléctrica: la calle se encendió con el resplandor blanco y neutro de las farolas LED, que siempre me han parecido unas luces con poca personalidad. No sé si me estoy haciendo viejo o si siempre he sido un poco viejo, pues echo de menos las farolas que había antes, lámparas naranjas de vapor de mercurio. ¿Realmente se puede sentir nostalgia de un tipo de bombilla? ¿Tan inmovilizado, tan lánguido me encuentro? Puedo argumentar, puedo razonar, que la calle que conocí ha cambiado porque toda su luminosidad es distinta, ¿no cambia eso el carácter de un lugar? Alrededor del LED no hay penumbra, quizá sea eso lo que me desagrada, el LED instituye la misma alta definición, la misma nitidez sin sombra ni perspectiva, sin jerarquías ni distancia, que las pantallas planas de HD. Pero desde luego no es la razón la que motiva estos sentimientos. Te escribí que la melancolía es una elaboración, quizá la nostalgia sea un hábito que alguien me inculcó cuando era niño. Me parece bastante probable que la nostalgia sea un hábito aprendido, un modo de relacionarnos con el mundo, y no es que eche de menos un tipo específico de farola. Si hubiera conocido los carburos o las lámparas de aceite y me las hubieran reemplazado por la cálida y somnolienta farola de vapor de mercurio, también habría echado de menos lo que había antes y esa luz naranja me habría parecido, quién sabe, una luz escasa, mortecina y desdichada. Así de autoritaria y arbitraria es la nostalgia.

Fui al polígono y no era en absoluto un polígono, no había motos, pintadas, ni silenciosos hangares. Era un antiguo molino reformado, cuyas distintas dependencias se alquilan como apartamentos rurales, aunque en ese momento no había nadie, no vi ninguna actividad. Una vez allí no pude entender cómo había imaginado que ese racimo de luces era un pequeño recinto de naves industriales. La realidad de ese lugar es tan diferente a como la había imaginado que ahora me es imposible recordar cómo era el espacio anterior que había inventado para ese lugar. Cuando ahora miro desde la terraza en esa dirección ya solo proyecto la imagen de esos apartamentos rurales de teja, cercados por un muro de adoquines de arenisca. Qui-

147

zá debería dejar de hacer estas excursiones, pero ¡es tan adictivo!

Se despide, deseando saber algo de ti, tu hermano vapor de mercurio.

4 de noviembre

¡Es tu santo! Te escribo para felicitarte personalmente, aunque iré a la residencia luego y aprovecharemos los tres para grabarte un videomensaje. Ojalá os llegue pronto y os pille despiertos. Sigo con mi actividad habitual, me dedico al huerto y a mis viejas lecturas y partidas de videojuegos. Todavía asoma el borde de la piscina alrededor de la plantación de arbolitos, ya puedo tumbarme en mi piscina de tierra, a pesar de que continúa la plaga de mosquitos y me veo obligado a salir cubierto de pies a cabeza. Me han invitado a un par de cenas en la ciudad, pero, no sé, no me apetecía ir. Cada tarde mantengo mis excursiones, ya he circundado todo el perímetro sur y sudeste, he digitalizado las cintas y he hecho capturas de los fotogramas en los que la casa se ve más nítida, te mando algunas de las que he seleccionado. Considéralo una especie de regalo. La parte oeste y norte me costará más porque el horizonte está más lejos, pero me apetece completar este viaje particular; quizá cuando haya rodeado en su totalidad la larga circunferencia de las vistas de la casa descubra algo, se abra una compuerta y encuentre algún tesoro.

Fátima me trajo un detalle antes de marcharse, un pequeño cesto de mimbre o esparto, que se puede colgar de la pared con una pequeña maceta, lo he puesto en la cocina con hierbabuena.

Un abrazo.

P. S. Mañana intentaré pedir cita en el médico, me está pasando algo raro. No parece grave, ni siquiera molesto, pero sí que noto que cada semana va a más. Tengo algo en los ojos.

17 de diciembre
Ya he terminado. Ya he terminado los viajes. He cometido un terrible error.

18 de diciembre
Perdona, Carlos, el mensaje de ayer, te escribo nada más despertarme, quizá te dejé preocupado. Me ha pasado algo. O quizá sea más justo decir que he hecho algo, algo que es bastante difícil de explicar. Debería haber interrumpido los viajes, pero no lo hice. No, no lo hice, continué explorando y explorando, a pesar de que intuía que algo estaba saliendo mal. Ojalá tú sepas decirme por qué me empeñé en no dejar ningún espacio del horizonte por visitar, por qué me empeñé en registrarlo todo. Ni siquiera me parece propio de mí, ¿no eras tú, de los dos, el perseverante, el que nunca se doblegaba y yo el que se cansaba de las cosas y las dejaba a medio hacer? ¿Quizá he intentado ser como tú? ¿O quizá me he empeñado en las cosas equivocadas, las que no podían salir bien? Tampoco he ido al médico, ni voy a ir, lo que tengo en los ojos o en el cerebro no parece nada clínicamente reconocible, ni siquiera se puede considerar un malestar o una dolencia, por mucho que para mí sea una especie de maldición, o de condena. Sí, eso es, me he condenado. Me he condenado y he condenado este sitio y lo he condenado en su totalidad. Durante estos meses he visitado todos y cada uno de los lugares que se ven desde nuestra casa y, una vez allí, he mirado en dirección a nuestra casa. Podría haberme de-

dicado a mirar más allá, en la dirección opuesta, averiguar qué nuevos territorios, qué nuevos horizontes se abrían a mi alrededor. Qué se ve desde el sitio que se ve. Aunque indudablemente miré en todas direcciones y ensanché, por así decirlo, el conocimiento que tengo de este territorio mío, este territorio privado que llevo tan dentro desde hace tantos años, lo cierto es que, una vez allí, me centraba en nuestra casa, registraba fundamentalmente la casa. Tengo cien capturas de nuestra casa tomadas desde cien sitios distintos: he recorrido la amplia panorámica, la circunferencia que abarca los cuatro puntos cardinales. Y en este proceso ha desaparecido todo lo anterior. Al visitar en persona todo el paisaje que se divisa desde aquí (y cuando digo todo es todo), al *personarme* en cada hito visual, he desvanecido las ilusiones previas, los paisajes que había inventado para este espacio. Paisajes que había inventado desde que, con diez años, pasé el primer verano en esta casa. Ahora, cuando miro a mi alrededor desde la terraza, conozco de primera mano qué hay en cada punto del paisaje porque he *reconocido* el terreno, permíteme este juego de palabras. Todo lo anterior, toda mi memoria visual imaginada, se ha disuelto sin dejar rastro y me parece que he perdido algo muy valioso, algo que debería haber protegido y que he aniquilado de una manera voluntaria y sistemática. He aniquilado este territorio, es decir, he aniquilado su memoria y además no he descansado hasta acabar con todo, hasta no dejar ningún sitio por asimilar. He agotado este paisaje. Lo he agotado y, en ese mismo gesto, lo he borrado. Con la excusa confiada de explorar aquello que siempre había sido una promesa desconocida, he acabado borrando el recuerdo de esa promesa. O, mejor dicho, la realidad me ha borrado, me ha borrado la imaginación. El mundo reserva una especial crudeza para castigar a los confiados. Te estoy relatando todo esto con excesivo dramatismo, a lo mejor, quizá estas penas no te parezcan gran cosa y es muy probable que tengas razón. Tan solo debería apropiarme de esta nueva realidad, una realidad unívoca, y edificar algo realmente nuevo sobre ella, pero hay un segundo factor que es, esta vez sí, terroríficamente molesto. Como he observado de una manera tan minuciosa la casa desde todos esos sitios, como me he centrado en ella y, por si fuera poco, la he grabado y fotografiado, guardo un recuerdo clarísimo de cómo se ve la casa desde todos los lugares que me rodean. No sé por qué, de verdad que no sé por qué, no sé si se me ha despertado algo en el cerebro, pero ahora, cada vez que miro al exterior, además de convocar ese nuevo paisaje redescubierto, al instante se me aparece la casa. Se me aparece la casa tal y como se ve desde ese lugar que estoy mirando. Cuando escribo que se me aparece, quiero decir que la veo. La veo. Si miro en otra dirección, es decir, si, en vez de posar la vista sobre las farolas de la colina, la poso sobre las vías del tren, veo la casa tal y como se ve desde ese punto de las vías del tren. Ya no puedo sacarme esa imagen de la cabeza. Y no es que la casa sustituya la imagen del lugar, sino que veo las dos imágenes a la vez, veo las vías y la casa a la vez. No es que vea las imágenes sobreimpresionadas u oscilando de manera alterna, no, LAS VEO A LA VEZ. Mire a donde mire, veo la casa, la casa por todos lados, y tengo la sensación de que la casa me persigue. Allá donde mire veo lo que se ve desde donde miro. Y es desagradable, es insoportable, es una especie de baile visual agotador, mareante, como una luz estroboscópica que bombardea mi retina y me produce vértigo y migrañas, vértigo real, del de tumbarse en la cama porque el suelo se mueve sin descanso a tu alrededor. No sé si me estoy explicando, pero necesito ponerlo por escrito, y si no te lo cuento a ti, a quién se lo voy a contar. Ahora salgo al balcón con la cabeza gacha, mirando al suelo, para evitar esa proyección reflectante, de ida y vuelta, ida y vuelta, ida y vuelta permanente. Solo que no hay ida y luego vuelta, no es que mire y al segundo aparezca la imagen del otro lado. No. Acontecen a la vez. La ida y la vuelta acontecen a la vez, el doble paisaje acontece a la vez. La de cosas que podría haber hecho, la de proyectos que podría haber emprendido y me he dedicado a erradicar las razones por las que quería vivir aquí. Nunca he estado más irremediablemente encerrado en esta casa. Qué peligroso puede llegar a ser el tiempo libre en las manos equivocadas.

Llevo días con la cabeza hecha trizas. Duermo profundamente, sin sueños, pero no descanso. Intento centrarme en el huerto y en los riegos, pero me despisto, pasan los minutos y no sé qué he hecho, me quedo mirando a la nada. Cada vez que salgo a la parcela recuerdo que estoy rodeado de esos paisajes duplicados y me siento constantemente interpelado por ellos, tentado de volver a mirar por si acaso esta cosa que tengo, esta anomalía, pudiera haber remitido. Así que miro y siempre está ahí, esperándome, la doble proyección. Me pregunto si cada vez que miro la reactivo, la actualizo, si debería obligarme a no mirar el paisaje durante al menos unas semanas para limpiarme, pero limpiarme, ¿limpiarme qué? ¿La vista? ¿Los circuitos neuronales? Casi siempre me puede la curiosidad y la ansiedad y miro de nuevo, miro de nuevo, miro de nuevo. En casa tengo todas las persianas cerradas, para que ese horizonte que tan tozudamente me empeñé en extender con las podas no entre en casa. Pero es angustioso estar recluido en una casa a oscuras, así que tras unas horas levanto las persianas y ahí está, delante, detrás, a los lados. No se puede escapar del paisaje. A veces me desespero y hago tonterías y me imagino con una venda o me da por pensar en el gesto de arrancarse los ojos, hay algún tipo de verdad ancestral ahí. Ahora rezo para que los árboles crezcan de nuevo y cubran otra vez la casa. Ya no puedo leer, apenas puedo ver una película o una serie sin distraerme y mirar a mi alrededor, da igual que sean largometrajes o capítulos que nunca he visto, da igual, me despisto, me da por pensar en todo lo que me ha sucedido hasta llegar aquí, le doy vueltas a sucesos de mi vida, a las decisiones que tomé, a las oportunidades que no supe aprovechar. Tampoco llego a ninguna conclusión, así que finalmente acabo mirando el cielo o el vuelo de los pájaros o cualquier cosa, intentando no pensar en nada, pero hostigado por un ejército permanente de imágenes, paisajes, personas del pasado. Ya no puedo estar en un solo sitio a la vez. Solo me centran los videojuegos, ¿sabes? Los videojuegos requieren toda la atención, el espacio virtual se impone sobre la mirada con decisión, con autoridad. No necesito novedades siquiera, ni narrativas muy sofisticadas, puedo jugar perfectamente a juegos que ya me he pasado, que ya he transitado miles de veces, no me importa. Aunque sepa lo que me espera en cada partida tengo que estar atento, alerta, y el mundo es un objeto comprensible. Los videojuegos son el reino de la certidumbre, donde todo se coordina y se repite de la misma manera, y las reglas organizan y distribuyen el juego, el mundo, con pulcritud. Lo único que me jode son los cortes de luz, claro, cada vez más frecuentes. Cuando eso sucede me voy a la piscina, me tumbo sobre la tierra y miro el cielo. Los cortes afectan a poblaciones y distritos cada vez más amplios, así que la contaminación desaparece, el resplandor desaparece y reaparece la oscuridad estrellada del cielo. A veces me parece que podría llegar a veros, o que podríais llegar a verme.

Se despide tu hermano de ojos estrellados.

24 de diciembre

Hola, querida familia, os mando saludos de parte de nuestros padres. Me piden que nos enviéis muchas fotos de estos días. Nos preguntamos qué pensáis de la inesperada convocatoria electoral. ¿Cómo se ven nuestros asuntos públicos desde allí arriba? Mañana me voy a Valencia una semana a saludar a viejas amistades. Mi problema no ha remitido, así que espero que, al alejarme de aquí unos días, se calme este agotador bullicio visual.

Feliz Navidad.

14 de marzo

Querido Carlos, gracias por tu último correo. Llevo unas semanas queriendo escribirte, pero lo cierto es que, sin darme cuenta, estoy más ocupado de lo que pensaba. Los sucesivos cortes de luz me han obligado a ir más al pueblo. Nos estamos organizando en pequeñas comunidades para comprar grupos electrógenos, ahora me desplazo en bicicleta a todos lados, la gasolina está contada y la necesitamos para la producción de electricidad. Gracias a Reha y a su hermano he podido contactar con una familia que se ha instalado en la casa de Fátima, tienen tres hijos y viven también con ellos dos sobrinos adolescentes, Carlos y Selena. Si conseguimos que venga una tercera familia a la casa de la pista de tenis podremos vivir razonablemente bien compartiendo el grupo electrógeno entre los tres domicilios. Han organizado manifestaciones desde los pueblos a la ciudad, yo no puedo asistir, por mis antecedentes, pero intento echar una mano con la logística y el avituallamiento. Al final, con el trato vecinal y mis visitas semanales al pueblo, he acabado colaborando con clases de refuerzo algunas tardes, tanto a mis jóvenes vecinos como a las hermanas pequeñas de Reha y Justin. No está mal. Necesitaba sentirme útil. El huerto va regular, por las restricciones de agua, pero no me quejo, produzco lo suficiente como para regalar a las nuevas amistades del pueblo. No me veo poniendo un puesto en el mercado de frutas, pero a cambio de mis naranjas, limones, higos y albaricoques recibo otros alimentos como huevos o verduras y ayuda cuando se rompe algo. He vendido también algunos muebles y electrodomésticos de la casa, como la nevera, que era gigante y consumía demasiado. No descarto alquilar habitaciones en el futuro, pero tampoco quiero hacer muchos planes. Se acabaron los planes.

Con respecto a mis problemas de duplicidad visual o «amurallamiento», como a veces lo denomino, no han remitido, pero me he ido acostumbrando a ellos. A la vuelta de Valencia seguía todo tal y como lo dejé. Pasé unas semanas espesas y deprimentes, en las que pensé en marcharme de casa hasta que me di cuenta de que tampoco tenía ningún otro sitio adonde ir. Me encerré con los videojuegos hasta que una noche un apagón duró más de la cuenta. Cansado y nervioso, salí al balcón y allí estabais. Era innegable que os estaba viendo, teníais que ser vosotros. Supongo que en estos últimos meses de tanta actividad habéis crecido lo suficiente para poner en marcha multitud de plantas de energía. También me di cuenta de que durante todo este tiempo me había estado equivocando. Me siento un poco idiota, pero siempre os buscaba con luna llena, cuando, como es evidente, es en vuestra noche, en luna nueva, cuando mejor puedo ver vuestras ciudades. Así de torpe me encontraba estos meses que no había caí-

155

do en un detalle tan elemental. Me quería comprar un telescopio, pero me he dado cuenta de que tenemos uno, pequeño pero funcional, de cuando éramos niños y nos regalaron el Astronova. Con las constantes restricciones de luz ni siquiera dependo ya de los apagones para que el cielo nocturno reaparezca. Se rumorea además que la gente se está marchando a donde puede. Sea por el motivo que sea, las ciudades cercanas ya no brillan tanto. Antes era la tierra la que iluminaba al cielo y poco a poco es nuestro cielo, o vuestro cielo, el que vuelve a iluminarnos. Os lo agradezco, agradezco que estéis allí todas las noches. Porque es un alivio, por muchos motivos. Un nuevo punto de fuga. Coloco el telescopio en la terraza de arriba y puedo atravesar todo ese espacio y rastrear los diferentes sectores de la colonia lunar; a veces pienso que puedo distinguir las colmenas, las plantas generadoras, los laboratorios y los aeródromos, pero para eso necesitaría un telescopio nuevo, más grande. Supongo que también hay bases militares, pero esas, como bien hemos aprendido, no salen en los mapas. En el pasado esperábamos las noches de luna llena, el globo inundándonos de una luz plateada; ahora, sin embargo, espero especialmente los días de cuarto menguante, de luna nueva y oscuridad, para poder veros. Si me pongo especialmente soñador o fantasioso me dejo llevar por la emotividad y pienso que alguna de esas lucecitas es vuestra casa, brillando allá arriba. Mientras os observo me doy cuenta de que también este paisaje que me rodea irá evolucionando y cambiando, dentro de poco las cinco farolas del horizonte no se encenderán por las noches, desaparecerán unas casas y aparecerán otras y el territorio que me rodea volverá a esconder significados ocultos. Otras noches me tumbo sobre la piscina de tierra y me pregunto cómo será vivir dentro de un cráter, un mar de tierra cercado por taludes y desfiladeros, y me pregunto si esta balsa de tierra, todavía circundada por el viejo perímetro de cemento blanco de la piscina, no es también un pequeño cráter.

Se despide tu hermano más nocturno y terrestre.

7 de mayo

Querido hermano, di un paseo ayer y me acordé de algo. ¿Recuerdas una tarde en la que íbamos con papá y caminábamos muy deprisa porque no llegábamos al atardecer? Creo que fue en la playa, en casa de la abuela, subiendo al cerro del castillo. Papá quería grabar la puesta de sol con la cámara de vídeo y llegábamos tarde, y hasta quiero recordar que él te cargaba en hombros. No sé si llegamos a tiempo o no, pero sí que recuerdo que me apenaba enormemente no ver el atardecer, me apenaba la simple posibilidad de perdernos esa promesa. ¿Lo recuerdas? Me acordaba porque todavía hoy me entra como una zozobra nerviosa cuando atardece y no estoy en el sitio adecuado para verlo. Siempre me ha pasado, como si me estuviera perdiendo algo muy preciado que llevo todo el día esperando. Tampoco es grave, no pasa nada si estoy trabajando, dando clase o atareado a esas horas, pero me ataca una ligera ansiedad si estoy en casa y atardece y no veo el sol ponerse. Parece que con el paso de los años la pena se convierte en ansiedad, ¿no crees? Una vez más no recuerdo dónde estaba mamá aquella tarde.

Un abrazo.

———————

Ese era el último correo. Me levanté con pesadez y tristeza y me asomé a la ventana. Mañana le escribiría con calma. Ojalá pudiera reunirme con él, ojalá pudiera abrazarle, pero tan solo puedo apagar la luz y mirar al cielo y pensar que me está observando desde ahí arriba, desde la Tierra. Aquí nunca miramos al cielo, porque el cielo es de algún modo el pasado. Escucho el tictac del reloj y la respiración de mi familia durmiendo, pero no tengo sueño, no puedo irme a la cama ahora. Así que me quedo delante de la ventana, mirando al cielo, en mi Luna de tierra, debajo de él, pero siempre suspendido ante sus ojos. Y así estamos los dos, mirando hacia arriba, cada uno el cielo del otro.

Mare Imbrium, sector 2, julio de 2035

AGRADECIMIENTOS

Este libro está dedicado a Esther y Luis, mis padres, que a lo largo de su vida han hecho posible un hogar que incluyera a muchas y muy diferentes personas.

Cuando terminé el primer capítulo, en abril de 2020, me sorprendió darme cuenta de que habían pasado nueve años desde que terminé la obra anterior, a finales de 2011. Imagino que este libro es un recuerdo y un homenaje a todas las personas que se marcharon a partir de ese año y cuya presencia, a veces intermitente, a veces demasiado lejana, me ha acompañado durante todo este tiempo.

Debo agradecimientos a mucha gente por su afecto, consejos y atención. En primer lugar, me gustaría agradecer el apoyo de las personas con las que conviví mientras escribía a lo largo de 2020 y 2021, en pisos y casas de Madrid, Las Torres de Cotillas y Águilas: Rebeca Amieva, mis padres, mi tía Encarni López y mi prima Ana Huertas. A esta última le debo también la asesoría sobre las técnicas de diagnóstico en pequeños felinos.

El atento trabajo lector de mi hermano Carlos y de mi otro hermano, Javier Fernández, contribuyeron a definir, perfilar y mejorar el manuscrito original (y aplacaron muchas de las inquietudes que había tenido hasta ese momento). La minuciosa lectura de otra vieja amiga, Andrea Toribio, y sus comentarios y correcciones, fueron fundamentales para que el libro encontrara su tono. Esta novela también os pertenece.

En mi vida he tenido la suerte de conocer a dos personas cuya obra admiraba y a quienes con el paso del tiempo he podido admirar y querer por su amistad. La primera es Luis Magrinyà, cuyo «Luxor» inspiró en buena medida la distancia, perspectiva y tonalidad de «Océano de luz». Cuando he sentido que perdía pie durante el proceso, Luis me ha tranquilizado y aconsejado. Gracias a él, la novela encontró su título.

La segunda es Gonzalo Torné, cuyo impulso, dedicación e incalculable generosidad ha posibilitado que el libro haya recorrido todo este camino. Siempre ha estado ahí cuando le he necesitado.

Mientras escribía la novela se sucedió una pandemia, vivimos tiempos difíciles y mi vida experimentó cambios profundos. Estoy convencido de que la amistad nos ha mantenido con vida o, al menos, lejos del peligro. Dejo para el final el profundo agradecimiento a Lorena Iglesias, Julián Génisson, Ion de Sosa, Miquel Insua y Sergio Jiménez por su cariño, su cuidado y su amistad.

Y sobre todo y en especial quiero agradecer y celebrar la lealtad, la alegría y el amor de Natalia.

Madrid, septiembre de 2023

ÍNDICE

Impreso en Talleres Gráficos
LIBERDÚPLEX, S. L. U.,
ctra. BV 2249, km 7,4 - Polígono Torrentfondo
08791 Sant Llorenç d'Hortons